とある飛空士への恋歌

犬村小六
イラスト＝森沢晴行

目次

主な登場人物

【カルエル・アルバス】
元バレステロス皇国第一皇子、カール・ラ・イール。
カドケス高等学校飛空科の生徒。

【ニナ・ヴィエント】
「風呼びの少女」と称された「風の革命」の旗印。
イスラ管区長。

【アリエル・アルバス】
カルエルの義妹。カドケス高等学校飛空科の生徒。

【ミハエル・アルバス】
アリエルの実父であり、カルエルの養父。
飛空機械整備工。

【ノエル・アルバス】 アリエルの姉。長女。

【マヌエル・アルバス】 アリエルの姉。次女。

【クレア・クルス】
ヴァン・ヴィールに住まう少女。
カドケス高等学校飛空科の生徒。

【グレゴリオ・ラ・イール】 バレステロス皇国の皇王。

【マリア・ラ・イール】 バレステロス皇国の皇妃。

序章

くそったれの旅へ出よう。

旅立ちなんかじゃない、これはきれいに飾り立てられた追放劇だ。

世界はなに食わぬ顔で使い古したぼくらを退場させて勝手に繁栄しようとしている。

いままでそうやってきたように。これからも用済みのものたちを切り捨てて、残ったものたちだけで清廉潔白《せいれんけっぱく》な顔をして未来を見つめて進歩していくのだろう。

そして捨てられたぼくらは誰にも顧《かえり》みられない流刑地《るけいち》の生活をはじめるしかない。

終わりからはじまる物語。

存在するかもわからない、空の果てを目指す旅。

なにもかもなくなってしまえ。


西からの風が流れ去り、海面が一斉にさざめいた。

航空長官機から飛沫《ひまつ》があがる。それを合図に、後方へ控えていた中隊長機三機のエンジンが駆動をはじめる。そして波紋が広がるごとく、さらに後方へ扇形に待機していた二十四機の水素電池スタックにも灯《ひ》がはいった。

複座式水上戦空機「エル・アルコン」全二十八機が主翼ローターの唸《うな》りとともに海面をけば立たせる。細かな水の粒子たちが一斉に噴き上がり、日射しを乱反射して、澄み切った七色が光の橋を架ける。

今日の天気とはうらはらに晴れない気持ちを抱《かか》えたまま、カルエル・アルバスはスロットルをひらいた。

長官機がまず垂直に浮遊した。中隊長機がそれにつづく。波間が轟《とどろ》き、飛沫が湧《わ》きたち、海原に白い狭霧《さぎり》が発生する。

カルエルもピッチを上げた。胴体から張り出したふたつのローターが轟き、自機がゆっくり垂直方向へ上昇していく。水素電池スタックの唸りに耳を傾けつつ、後席を振りむいた。同乗者にして義理の妹、アリエル・アルバスはきらきらした目をまっすぐにカルエルへむけていた。義兄の空虚な気分など意にも介さず、旅立ちのわくわくする気持ちを隠すこともなく、明るい言葉が大きくひらいた口元から放たれる。

「行こう！」

カルエルの口がへの字に曲がった。倦怠感《けんたいかん》じみたものを表情に映してから、操縦把柄《はへい》を強く握り直した。

「出発したって、どこにも辿《たど》りつかないよ」

ぽつりと呟《つぶや》く。

「ぼくらは捨てられたんだ」

高度千五百メートルまで上がったところでそう吐き捨てて、カルエルは操縦把柄を押しこんだ。操縦把柄は自動車のハンドルに似たものだが、戦空機の場合は三次元機動なので、ハンドルそのものを手前に引いたり、押し込んだりして操縦する。うおーん、とひときわ高く水素電池スタックがいないないて、上方をむいていたローター面が前方へと倒れ込む。上部をむいていたときは揚力《ようりょく》装置であったものが、推進装置へと切りかわる。しかしすぐに揚力が溜《た》まるわけもない。エル・アルコンは機首を下にして斜めに滑走しながら必要な機速を獲得して翼面に揚力を溜め込み、それから水平飛行へと移行した。

後方を振り返って見下ろしたなら、海原は噴き上がった細かい水飛沫《みずしぶき》に覆われて白い。その狭霧のさなかから後続機が鴨《かも》の子さながらぽんぽんと顔を出してきて、必要な高度を獲得したところでローターを推進へと切りかえ、空中で編隊を組み上げていく。

二十八機の水上機編隊は航空長官機を先頭にして、九つの三機編隊が雁行陣《がんこうじん》を組んで紺碧《こんぺき》の洋上を翔《かけ》る。

一糸《いっし》乱れぬ編隊飛行――。

といいたいところだが、陣形のあちこちで細かな乱れが発生している。中隊長機以下の列機を操縦しているのは全員が十五歳、カドケス高等学校飛空科の生徒たちであるから無理もない。今日の出帆《しゅっぱん》式のために幾度もの演習を経《へ》てきたものの、やはりまだ戦空機を自在に乗りこなすには至らない飛空士見習い、空飛ぶ騎士の卵たちだ。

やがて前方にうっすらと陸地が見えてきた。

花火がぽんぽんとあがっている。水平距離約七千メートルほど彼方《かなた》、先行していたイスラ空挺騎士団正規兵たちの戦空機編隊が出帆式典会場上空を旋回しているのが見て取れた。

そして――カルエルの目に、空中に浮揚《ふよう》するあまりに巨大な島影が映じた。

高度二千メートルほどのところに浮揚するその岩石のかたまりは縮尺の狂ったオブジェのごとく、風景のただなかにその大きすぎる輪郭《りんかく》を打ち出し、地面へむかっておのれの表面積の数倍に達する長大な影を投げかけていた。

「イスラ」

呟《つぶや》きは後席から届いた。アリエルの声音《こわね》には相変わらずわくわくしたものが隠すこともなく含まれている。

これから長い期間にわたってカルエルたちが生活することになる「空飛ぶ島」イスラ。

上層の表面積二百四十三平方キロメートル、東西九キロメートル、南北二十五キロメートル、外周約七十キロメートル。

どこからやってきて、どこへ行くのかもわからない、この空飛ぶ島を鹵獲《ろかく》することに成功したのが十年前。飛空機を使ってイスラの地表や下部岩盤に数千本ものワイヤーを引っかけて二千メートル下方の地上に繋索《けいさく》し、それ以来ずっと、今日のこの日のために地質調査や成分解析、推進装置の取り付け、六つの砲台や住民居住区、飛空艦艇用の港湾施設の設営作業などなどが行われてきた。

述べ数十万人の作業員と数万艇もの飛空機械を使ったもろもろの調査、改造作業が終了したのが二年前のこと。

それから海をまたいだ三つの大国のあいだでさまざまな政治的駆け引きがじめじめと行われ、陰々滅々《いんいんめつめつ》とした思惑《おもわく》がじくじくと交錯した結果、ようやく今日、三か国共同の技術資金援助のもと、イスラは遂《つい》に「空の果て」を見つける旅に出る。

この世界の本当のすがたを知るために。

大瀑布《だいばくふ》の果てを見つけるために。

聖アルディスタによる創世神話のどこまでが真実で、どこからが創作なのか、見極めるために。

この海のむこうには、いったいなにがあるのか。現在のところ存在が確認されている三つの国家、すなわち、ここバレステロス共和国、斎《さい》ノ国、帝政ベナレス以外にも、人間が居住する大陸、もしくは島が存在するのか。果てのない滝、大瀑布が尽きる場所はどんな地勢になっているのか。無限に広がる空と海の終点が、はたして存在するのか。

いまこの世界に生きる人々全《すべ》ての疑問に答えるために、イスラはカルエルたちを乗せてこれから何十年かかるかもわからない長い長い旅に出る。

「ばかばかしい」

呟《つぶや》きが勝手にカルエルの口元から洩《も》れた。

「ひょっとしてまだ文句言ってる？」

背中のむこうから義妹の呆《あき》れた声が投げかけられる。

「あきらめ悪いなあ。なんでそんな暗いの？　行くのいやならあんたそこから飛び降りなさいよ。そしたらこれ、あたしが運転するから」

きっぱりしたアリエルの言葉が伝声管越しに無造作に飛来してくる。カルエルは仏頂面《ぶっちょうづら》を後席へむけて、

「いやとは言ってない。ばかばかしいって言っただけだ。あきらめはとっくのむかしについてるさ」

「へえ。ふーん」

「なにその返事。あと、言っておくけどここは譲らないから。きみはぼくのうしろでおとなしくしていること。わかった？」

義理とはいえ兄として当然の居丈高《いたけだか》な命令をくだすと、即座に義妹のあっかんべーが返って

きた。

ふん、と鼻を鳴らしてカルエルは進行方向へ目を戻した。

機体直下はもう陸地だった。

見下ろせば大地いっぱい、きつね色の小麦畑。

収穫のときを待つ小麦の穂が海沿いの平地にどこまでも連なって、海から吹いてくる風を受けて柔らかく波打ち、やがてまた一斉にうなだれる。秋に種をまき、晩春に収穫する冬作の麦だ。麦の穂があやなす海原を飛空機たちの影が野狐《のぎつね》みたいに駆ける。だんだん、花火の音と群衆の歓声が明瞭《めいりょう》になってくる。

ややあって編隊は風の革命記念公園の直上へ到着した。

「うわあ、すごいっ！」

後席からアリエルの興奮した声が届く。

「見てほらっ、やだこれなにすごいっ、みんなうれしそう！」

これみよがしに地上の群衆を指さしてはしゃぐアリエルを一喝し、カルエルはいやそうに眼下へ目をむけた。

「うるさいっ」

わああ、と歓声がカルエルの足元から突き上げてくる。

数万人もの市民たちが老いも若きも両手を振って、飛空士の卵たちの編隊飛行に賞賛を送り、子どもたちはあこがれを込めた瞳に空の色をきらきら映していた。

去年開設したばかりのここがイスラ出帆《しゅつぱん》式典会場だ。地面は丁寧《ていねい》に石畳で舗装されていて、緑の植樹がなされ、人々が詰めかけている中央広場には革命記念碑や慰霊塔、人工池などなどが設営されている。

この公園を出てさらに北西方面へ二十キロメートルほど幹線道路を進むとバレステロス共和国首都アレクサンドラに到着する。いまのカルエルの高度からだと聖アルディスタ正教会本部のあるカレラ大聖堂は周囲の建物を圧してはっきりと視認できるが、ほかの石造りの建物はその輪郭《りんかく》が空の裾《すそ》のほうにおぼろげに見えるくらい。人口三百万人を超える大都市でも、空から見渡すと子どもの玩具《おもちゃ》みたいにちっぽけだ。

「ふん」

アレクサンドラを望遠するカルエルの眼差《まなざ》しには憎しみと哀《かな》しみと劣等感がにじむ。嘲笑《ちょうしょう》することでそうした負の感情を発散して、胸のうちの痛みを押し隠し、カルエルは中隊長機につづいて緩《ゆる》い右旋回に入った。

「お父さんたち、どこにいるのかな。見える?」

アリエルののんびりした声が後席から届く。

「見えるわけないだろ。あんなに人がいるのに」

「うん……」

アリエルは少し寂しそうに眼下を見晴らした。カルエルの言うとおり、こちらを見上げる群衆の個々の顔の判別はつかない。あのなかに、アリエルが今回の旅に出ることを許してくれた父親とふたりの姉がいる。

アリエルは機体を行き過ぎる風にめげることなく首を伸ばして地上を見下ろし、突き出した片手を大きく振りながら声を張り上げた。

「おと――さ――ん！　おねえちゃ――――ん！　いままでありがとう――――っ!!　絶対、絶対、帰ってくるから、待っててね――――っ!!」

カルエルは黙って、義妹の叫びを背中で受けていた。

一度だけ目元をぬぐってから、アリエルは搭乗席へ顔を戻し、明るい声を義兄の背中へ投げかけた。

「あんたの分まで叫んどいたよ」

「……うん」

「もうすぐ撒《ま》く？」

「うん」

「よっこらせ」

おばちゃんみたいな掛け声とともに、アリエルは足元に置いていた段ボール箱を膝《ひざ》のうえに抱きかかえた。箱の中身は飛空科の生徒全員で作った短冊形に切り分けた紙だ。箱のなかにぎっしりと詰まっている。

航空長官機が再びローター面を上部へむけ直し、機速を落としはじめた。

新米にとって減速は難しい操作なのだが、カルエルはなんとかローターを浮揚《ふよう》へと切りかえ、機体を前方へ傾けて推進力を獲得しつつ時速四十キロにまで機速を落とし、中隊長機に合わせてゆっくりと観衆の上空を旋回した。湧《わ》き上がる歓声が機体越しに操縦席まで届く。二十八機の戦空機たちはおぼつかない挙動ながら一本の円環となって同じところをぐるぐる回る。

と、航空長官機の後席から紙吹雪がこぼれ落ちた。

それを合図に、うしろにつづいていた学生たちも一斉に後席から用意したものを地上めがけて撒《ま》き散らした。

「うらぁっ」

アリエルも景気よく箱の中身を外へ投げ出す。投げ出された純白が気流のさなかを遊泳して、青空をたゆたい、観衆たちの頭上へゆったりと舞い降りてゆく。

一際高い歓声が空を突き上げてきて、アリエルがはしゃぐ。

「うわあ、すごいすごい、紙吹雪きれいっ！　みんなすっごく喜んでる！　カル、ほら、見なさいよ、きれいっ！　お父さんたちも喜んでるよ絶対！」

「…………」

「あ、撒かなきゃ！　うらぁっ！　うおりゃぁっ！　う――らぁっ!!」

「……あのさ、アリー。どうでもいいけど、もっと上品な掛け声、出せない？」

「くらえ、うおらぁっ！　……へ？　いまなんか言った？」

「……なんでもない」

「ねえ、なんであんたそんな暗いの？　せっかくみんなこんな盛り上がってるのに。ひょっとして、斜に構えて世の中見てるおれはかっこいー。とか思ってる？　バカ？　全然かっこよくないよそんなの」

カルエルの口が苦そうに曲がった。なにか言い返そうとしたがすぐに言葉を呑《の》み込み、代わりにわざとらしく溜息《ためいき》をついて、

「……きみにぼくの気持ちを推し量るのは無理。その能天気さがうらやましいよ。悩みなんてないんだろうね」

「うん。ない。あー、やだやだ、カルってうじうじして、かっこわるーい。そんなんじゃ新しい学校でもモテないよ」

「……べつにモテるために学校に行くわけじゃないから。一人前の飛空士になるために行くんだ。無駄口たたいてないでさっさと全部撒きなよ」

「うりゃぁっ！　えいっ、やあっ、とうっ！」

「……どーして黙ってできないかなあ……」

「うーわー、なくなったあ。すっきり爽《さわ》やか、入ってたもん全部ぶちまけてやったぜ？」

「な、なに、どうして腕で口元をぬぐうの？　やめなよアリー、なんか下品だよ？」

義妹を諫《いさ》めたそのとき不意に、地上から歓声とは別のすさまじい鳴動が伝わってきた。揚力《ようりょく》装置の轟《とどろ》きが全天を覆う。外気へ剝《む》き出しの身体を晒《さら》すカルエルにまではっきりと届く。眼下、観衆の海原が再び湧《わ》きたとうとしている。

イスラと出帆《しゅっぱん》式典会場のちょうど中間あたりから濛々《もうもう》たる砂塵《さじん》が噴き上がっていた。空域がびりびりと震える。灰白《かいはく》色のかすみのなか、黒光りのする巨大ななにかがせり上がってくる。

と——塵芥《じんかい》のとばりがいきなり裂けた。

その裂け目から粉塵《ふんじん》の尾を曳《ひ》きながら、鋼鉄の巨鯨がのっそりとその威容を現出させた。

黒光りする湾曲した胴体。島さえ飛ばすような四つの巨大な揚力装置。分厚い鉄鋼装甲の施《ほどこ》された舷側《げんそく》からは半月形のうろこじみたものが幾つも張り出して、その台座には禍々《まがまが》しい砲塔群が黒い口をあけている。揚力装置の轟きが綿雲を霧散させ、そのあまりに巨大な影が歪《ゆが》んだ空間のただなか、おぼろに揺らめいて見える。

「大きいっ」

後席からアリエルのうれしそうな声が届く。カルエルも思わず頷《うなず》いてしまう。

全長約二百六十メートル、排水量約六万五千トン。射程距離三万メートルを超える四十六センチ三連主砲塔が両舷合わせて六基。その前後に十五センチ三連副砲塔二基、対空砲塔十二基

二十四門、対空機銃五十八基百七十四門、さらに艦底部に対空砲塔四基八門、対空機銃五基十五門。

超弩級《ちょうどきゅう》飛空戦艦「ルナ・バルコ」。

驚くべきことに、バレステロス共和国の誇るこの巨大戦艦がイスラの護衛艦として今日、空の彼方《かなた》へ旅立つのである。斎《さい》ノ国と帝政ベナレス、海を挟んだふたつの大国との協調路線を進めるバレステロス政権が、国軍の虎の子を提供することで誠意を示したかたちだ。

イスラ空挺騎士団正規兵の乗る単座戦空機隊がルナ・バルコの周辺空域を直接掩護《えんご》——いわゆる「直掩《ちょくえん》」——している。未熟な学生たちは飛空戦艦の周囲に発生しやすい乱気流を避けるため、戦艦から一千メートルほど離れたところにて低速飛行する。

さきほど撒《ま》いた紙吹雪がいまだ空域をただようなか、ルナ・バルコは鋼鉄の下腹を観衆に晒《さら》しつつ出帆式典会場上空をゆっくりと航過していった。

ルナ・バルコの影に埋もれながら、観衆たちは歓喜の声を戦艦へ送り届ける。揚力装置駆動音が地上をもどよませる。六万五千トンもの鉄塊が幾百の戦空機を従えて余裕綽々《しゃくしゃく》飛翔《ひしょう》するさまは圧巻の一言に尽きる。

そして——。

遂《つい》にそれまでイスラを地上に繋《つな》ぎ留《と》めていた数千本の鋼線が切り離された。先端のフックと鋼線の繋ぎ目に予《あらかじ》め仕込まれていた火薬が爆発し、フックは岩盤に引っかかったまま、鋼線だけが地上をめがけて落ちていく。

イスラの下部岩盤に取り付けられた六つの巨大な推進装置が四翅《しし》のプロペラを轟々《ごうごう》と回転させた。

空飛ぶ島がゆっくりと動きはじめる。

岩盤の最下部に取り付けられた、全長二百二十メートルにも及ぶ方向舵《ほうこうだ》が軋《きし》む。推進装置のうちの幾つかが回転数を上げて、この空飛ぶ島を右旋回させる。

野太い鋼線が次々に二千メートルほど落下して赤土の大地にのめりこむ。幾千条もの鉤裂《かぎざ》きが大地に刻印され、柔らかい地面から砂煙がもうもうとたなびく。遙《はる》か上空のイスラは頓着《とんちゃく》なく、下部岩盤から幾千もの火花を明滅させつつ、およそ十年にわたって自《みずか》らを地上に繋留《けいりゅう》していたものを鬱陶《うっとう》しそうに払い落とす。

旋回が終わり、推進装置の唸《うな》りが一旦《いったん》止まった。

イスラの先端部に据えられた第一要塞《ようさい》砲台「ゴリオン」、その長大な砲身の群れが南東方向を指し示す。いまはまだ見えないが、夜になればこの砲身の指向する先に不動星エティカが確認できるだろう。それがこれから何年にもわたってずっと変わらないイスラの針路だ。創世神話に従い、イスラはただひたすらに不動星エティカだけを追い求めて飛ぶ。

ルナ・バルコの船首がイスラを指し示す。直掩《ちょくえん》するカルエルたちもまた、観衆たちに尻《しり》をむけて飛空戦艦に随行《ずいこう》する。

歓声が遠のいていく。生まれ育った土地も一緒に背中のむこうへ去っていく。

視界前方、イスラが大きくなってくる。

先ほどは空飛ぶ鯨に見えたルナ・バルコが、イスラの眼前に引き出されたなら空飛ぶバッタに格下げされてしまう。自然の手が創りあげたイスラと、人の手で建造されたルナ・バルコでは縮尺の違いも当然だろうが、しかしそれにしても理不尽《りふじん》なほどに雄大なイスラの在《あ》り方だった。

長官機がエル・アルコン二十七機をひきつれ、空を斜めに上昇していく。

高度千五百、二千、二千五百。水素電池スタックが苦しげに呻《うめ》く。エル・アルコンの限界高度は公称三千五百メートルだが、実際のところはこの高さが限界らしかった。

カルエルは旋回しながら左手にイスラ上部面、これから自分たちが生活することになる地面を見下ろした。

常に高度二千メートルを飛翔《ひしょう》している、という一点を除いたなら、イスラの自然は海に浮かぶ孤島と変わらない。

山がある。平地がある。清澄《せいちょう》な湖、濃い緑色をした森、青々とした耕地、檸檬《レモン》色の街並みとふたつの飛行場、中央庁舎、騎士団居住区と港湾施設、六つの砲台。真新しいそれらの建造物を真っ白な市道が繋《つな》いでいて、視界の端にこれからカルエルたちが通《かよ》うことになるカドケス高等学校が羊色の校舎を並べていた。

イスラの外縁部には移住してきた一万人もの住民たちが詰めかけていた。彼方《かなた》の大地を見下ろして、こちらのすがたは見えないことはわかっていても、地上の家族や友人知人たちへ手を振り、花弁や紙吹雪、紙テープを空へむかって投げおろしていた。

さまざまの思いをのせて空へそれらの彩りが舞い散っていく。居合わせた人々の思いが舞い散る色を通じて伝わってくるのか、カルエルの胸を淡い哀感が訪れる。しかし後席の義妹はそんな感傷など全く頓着《とんちゃく》なく、イスラの一点を指し示して楽しげに声を張りあげる。

「あ、偉い人たちっ」

アリエルが指さす先を目で追ってみると、イスラ右端に位置するヴァン・ヴィール軍港——軍港といってもルナ・バルコを空中に繋留《けいりゅう》するためだけの施設だが——に一群の人々が居並び、彼方の出帆《しゅっぱん》式典会場を遠望していた。

彼らはこれから長きにわたってイスラを運営していく貴族高官たちだ。全員が白い軍帽をかぶり、上下ともに真っ白な将校服を身につけ、腰に麗々しいサーベルを留《と》め、定規《じょうぎ》を当てたような横二列に整列して、彫像のごとく背筋をぴんと伸ばして居並んでいる。「聖泉《せいせん》」を発見した偉大な航海家ルイス・デ・アラルコンや旧聖堂座騎士団長レオポルド・メルセなどの有名人も四人議会の中心としてあのなかにいるはずだ。

そして、ひとりだけ——軍服を身につけていないものが真ん中にいる。

周囲の軍人や貴族に比べて、ひとまわりほど小さな体格。白い上衣に薄い絹の羽織もの。長い白銀の髪が風にたなびいている。

カルエルの全身の肌が粟立《あわだ》った。見下ろす双眸《そうぼう》が煮えたぎる。脳髄《のうずい》から感覚神経の末端まで憎悪の電気信号が放たれて、肉体を構成する七千兆の細胞たちが復讐《ふくしゅう》を叫ぶ。

「ニナ・ヴィエント」

操縦把柄《はへい》を握る手が勝手に汗ばむ。この把柄にもしも機銃発射レバーが付いていたなら間違いなく押している。できるならこの手であの女を蜂《はち》の巣にしてやりたい。

六年ぶりに見る、あの長い白銀の髪——。

あの日、アレクサンドラ宮殿を焼き尽くす炎の色を映していたニナ・ヴィエントの髪は、今日、春の日射しをいっぱいに含んで、素知らぬ顔で六年前と同じように、ただ涼やかな風に吹き流れている。

カルエルの網膜《もうまく》にいまだ刻まれた、あの日の情景——。

父も母も住む家も身分も本当の名前も、なにもかも失った革命の一夜。

一切の感情を映さない瞳《ひとみ》で父母とカルエルを見下ろし、つまらなそうに夜風に吹かれていた「風呼びの少女《ニナ・ヴィエント》」。

農具で武装した群衆があげる鯨波《げいは》。粗野な哄笑《こうしょう》と安酒の匂《にお》い。父の背中を打った鉄具。母がとらされた姿勢。喉《のど》を引き裂くようなカルエルの絶叫を迎えたのは、どこまでも下品な連中の嘲笑《ちょうしょう》のみ。そして髪の毛を鷲《わし》づかみにされて無理矢理に口づけさせられた、ニナ・ヴィエントの靴の味。

痛《いた》みが蘇《よみがえ》る。

胃の腑《ふ》の底から身体の末端まで重くて苦しい突き刺すような思い出が駆け巡り、カルエルは思わずうずくまりそうになる。

けれど歯を食いしばる。まなじりを押しひらく。杭《くい》を引き抜くようにして強張《こわば》った顔を上げる。そしてあの日から今日まで、一日たりとも忘れたことのない憎い敵のすがたを視床下部《ししょうかぶ》へ彫刻する。憎悪という感情を脳髄《のうずい》から最後の一滴まで絞り出し、彫り上げた像へ深々と擦《す》り込む。

——ぼくと同じ目に遭《あ》わせてやる。

——なにもかも失って、捨てられて、みんなから踏まれろ。

——ニナ・ヴィエント。お前だけは絶対に許さない。

旅立ちの感慨も、育ての父親への感謝も、これからの旅路へ馳《は》せるべき思いも、なにもかも

ニナ・ヴィエントへの憎しみに押し流された。カルエルはただひたすら溶岩色の感情を全身の細胞へ染み込ませ、陰を煮詰めた視線を「風呼びの少女」のかぼそい背中と白銀の髪へ食い込ませる。

どれほど長い旅になろうとも、この憎悪を捨てることは絶対にない。逃げ場のない狭い島で、誰からも放逐《ほうちく》されて、身分を取り上げられ、みんなから馬鹿にされながら、ひとり孤独に生きていけ。

ぼくがくぐり抜けてきた地獄をお前も味わえ。泣き叫ぶお前の顔を見て笑ってやる。そして、みんなと一緒に踏みつけてやる。許しを乞《こ》おうと、改心しようと、なにをどうしようと決して絶対に未来永劫《えいごう》、お前を許すことだけはしない。

――母上。見ていてください。あなたを家畜として扱った、あの憎い敵へ復讐《ふくしゅう》します。

――あなたが受けた屈辱を、そのままあいつに与えますから。

――それでどうか、心安らかにお眠りください。

エル・アルコン編隊は高官たちの上空に浮揚《ふよう》した。機首を風の革命記念公園へとむけて、観衆たちへ無言の惜別《せきべつ》を告げる。

再びこの地へ戻ってこられるのか定かでない。もう二度と戻ってこられない可能性のほうが高い。行く手にはただ無限の海原と両端の見えない滝と不動星エティカだけがある。

イスラに乗り込む誰もが、無言の感慨をもってバレステロスを望遠していた。

そのなかにあってひとりカルエルだけがニナ・ヴィエントの背中を睨《にら》みつけていた。

下部岩盤に取り付けられた六つの推進装置が再び唸《うな》り、空が震え、風圧を受けた幾千の紙吹雪がさぁっと蒼天《そうてん》を駆け巡り、イスラが南東へむけて動きはじめた。

海の尽きる場所を、空の果てを見つけるために。


——あなたは光だけを見ていて。


かすんでいく地上を見下ろしていたカルエルの胸を、不意に母の言葉がよぎった。

しかしいまのカルエルにとって、その言葉は風の音と同じく、意味もなさずに傍《かたわ》らを通り過ぎていくものでしかなかった。

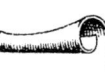

一章　カール・ラ・イール

視界の果てまでずっとモミの並木道がつづいていた。

鮮《あざ》やかな緑葉が十二月の青空の下、星屑《ほしくず》みたいにきらきらと日射しを弾《はじ》いている。

白い息を吐きながら、バレステロス皇国第一皇子カール・ラ・イールは並木道を自転車で駆けていた。

真っ白な石畳は隙間《すきま》も凹凸《おうとつ》もなく整備され、ごみはおろか石ころひとつ落ちておらず、通行人さえいない。何にも邪魔されることなく、カールは息せき切って全力でペダルを踏み込み、ぴかぴかした銀色の自転車を疾走させる。

駆けても駆けても、モミの並木は終わらない。庭園のあまりの広さに若干うんざりしながら、カールは一心に前だけ見つめ、ふかふかの毛皮のコートの裾《すそ》を風になびかせ、子ども用の狩猟ブーツの底をペダルへ当てて、速度を落とさずに力いっぱい並木道を走り抜ける。

過去の英雄たちの石像の傍《かたわ》らを通過して、噴水をふたつほど行き過ぎると、やがて道のむこうに本殿の白い外装が見えてきた。カールの実父、グレゴリオ・ラ・イール皇王が住まい、政務を司《つかさど》る皇国の中枢《ちゅうすう》である。

七階建ての建物はうえから見たなら母屋を中心に右翼、左翼からなるコの字形をしていて、その全長は二百五十メートルほどもある。カールはその荘重《そうちょう》すぎる本殿手前の広場を左に曲がり、父親の住まいに背中をむけてさらに自転車を駆る。

宮殿の敷地は南北約九キロ、東西に約六・五キロ。いうなればこれが全《すべ》てカールの家の庭だ。我が家の庭をサイクリングしていて道に迷うことなど珍しくない。六歳の頃《ころ》から自転車に乗るようになったが、今日のように油断していると見たこともない森のなかで出口もわからないまま彷徨《さまよ》うことになってしまう。なんとか我が家の庭で遭難する不名誉からは逃《のが》れられたが、今度は夕食の時間に間に合わないという不名誉が眼前に立ちはだかった。まだ九歳とはいえバレステロス皇国第一皇子の名誉を守るため、カールは母の元をこうして必死に目指している。

長かった並木が終わりを告げて、道の突き当たりに重厚な礼拝堂が現れた。そのむかし、カールの父母の結婚式のためだけに延べ二千人の職人を動員して建てられたものだ。アーチ形をした玄関の前を横切ってさらに進むと、今度は三千人を収容できるオペラ劇場がのっそりとそびえている。これにも構わず人工の小川に架けられた煉瓦《れんが》橋を渡り、時折、道を行き交う貴族たち——王宮内には七百名あまりの貴族高官とその家族が住んでいる——から丁寧《ていねい》な会釈を受けながら、それに返礼をすることもなく、暮れていく空の色を見やり、顔を歪《ゆが》めてペダルをこぐ。

「ははうえ」

小さく呟《つぶや》いた声音には焦《あせ》りが色濃い。母から幻滅されることだけはなんとしても避けたい。森にはぐれた自分を見捨てて先に帰った子分たちを恨みながら、カールは懸命に彼方《かなた》の離宮を目指す。

本殿から二キロほど離れたところに、カールの母、皇妃マリア・ラ・イールの住まうチコ・プエルト離宮はあった。

白塗りの二階建てはさきほどの宮殿とは違ってこぢんまりとした瀟洒《しょうしゃ》な佇《たたず》まいで、部屋数も少なく、内装も白と琥珀《こはく》色を基調とした落ち着いたもの。ただ前庭にはそれなりの手間がかけられ、ゆったり広い緑の芝生《しばふ》に面白く刈り込まれた植木、天使像が群れ飛ぶ噴水、幾何《きか》学《がく》的に配置された花壇には海を越えたベナレスや斎《さい》ノ国から取り寄せた珍奇な花が咲きこぼれている。

その庭で、皇妃マリアは今日もたくさんの友人に囲まれて幸せそうに微笑《ほほえ》んでいた。

屋外ビュッフェにはチコ・プエルト専属シェフが腕によりをかけた豪勢な料理が並び、貴族たちが談笑しながら好きなものを取り分けていた。

「ははうえっ。おくれてもうしわけありませんっ」

カールは自転車を飛び降りると、泣きそうな声でそう言ってマリアの腕のなかへ駆け込んでいった。

細くてしなやかな両腕がカールの背中に回る。うっとりするようないい匂《にお》いが葡萄《ぶどう》酒色のドレスから伝わってくる。なぜか勝手に視界がにじむ。見上げた目線の先に、大好きな母の微笑《ほほえ》みがあった。

「マルチノとロベールが、ぼくのゆるしをもらわずに、かえってしまったから、ぼくは森のなかではぐれてっ。だからっ。あいつらがわるくてっ。ぼくはわるくありませんっ」

つたないカールの言い訳に、マリアはくすりと笑うと、身を屈《かが》めて我が子の瞳《ひとみ》を正面から見つめた。

「そんなふうにお友達を悪く言ってはいけませんよ？」

「でも、ほんとうなんですっ」

マリアは困ったように眉根《まゆね》を寄せて、口元を微笑みのかたちに湾曲させると、カールの両腕を優しく摑《つか》んでますますその瞳を覗《のぞ》きこむ。

カールの頰《ほお》が真っ赤になった。母親から放ち出される気品と優雅さが幼い肩にのしかかってくる。思わずうつむくと、マリアの首が斜めに傾いて、

「あら、どうしてわたくしの目を見られないのかしら」

「そ、それはっ……」

「やましいからうつむくのでは？」

カールは下をむいたまま、声だけを張り上げる。

「ちがいますっ。やましいことなどありませんっ」

「それならしっかりわたくしを見てお話しなさい」

「できないのですっ」

「……？」

「ははうえが、あまりにうつくしくてっ」

「まあ」

今度はマリアが頬を染めた。様子を見ていた周りの貴族たちが甲高い笑い声をあげる。

「これはこれは、皇子殿下もお目が高い」

「未来の皇子妃はきっとやきもきなさるぞ。比べられる相手が皇妃殿下ではいかな花も色褪《あ》せて見えよう」

マリアの取り巻きたちの貴族たちが鼻にかかった声色《こわいろ》でそう囃《はや》し立てる。気取った夜会服にわざとらしい金色巻き毛のかつら。カールは大嫌いな彼らをぎんと見上げ一喝する。

「ぶれいだぞっ。ぼくは第一皇子だっ。もっとちゃんとあつかわないとダメなんだぞっ」

取り巻きたちは困ったように互いに顔を見合わせ、無言のうちに気取った会釈で皇子の叱責《しっせき》を受け流した。マリアが軽く手を差し伸べて両者のあいだに割って入り、微笑む。

「時間に遅れたことはもういいわ。おなかがすいたでしょう、存分に召しあがれ」

「はいっ」

「わたくしは奥で休みます。よい子で夜を過ごすのですよ」

「……はい。おやすみなさい、ははうえ」

「おやすみ、かわいい子」

しょげるカールの額に優しく口づけをすると、マリアは友人たちと邸内へ戻っていった。

いつものようにあまりにも短い母との会話を終えて、カールはひとり屋外テーブルにつくと、執事たちの運んでくる夕食を口に運んだ。母親を独占したい気持ちが胸のうちを駆け巡るが、我慢した。

「ははうえは、とてもいそがしいから」

そう呟《つぶや》いて、自分を納得させる。目の前に並べられるさまざまな料理に無造作にフォークを突き立て、ぞんざいに口に運びながら、こみあげてくる寂しさを自尊心の力で抑えつける。

――ぼくはこの国の皇子なのだから、そこらの子どもみたいにふるまってはいけない。

――いずれは歴史に残るような立派な王様になって、母上を喜ばせなければ。

――ぼくは選ばれた人間なんだ。特別な存在なんだ。

――だから寂しいのも我慢できなければ。

自戒しつつ、豪勢な料理を味わうこともせず機械的に胃のなかへ収める。

食事を終えて、離宮の一階の隅にある自分の部屋へ入った。

二階から、マリアたちの楽しそうな笑い声と弦楽器の音が聞こえてくる。本当はカールもそこへ行きたいのだが、辛《つら》いのを我慢してこうしてひとりぼっちで夜を過ごす。やがて経験せねばならない「王の孤独」に備えるために。

背もたれに華麗な浮き彫りの施《ほどこ》された大きな椅子《いす》に座り、今日中に内容を暗記したい絵本をひらいた。

聖アルディスタによる世界創世神話を子ども向けに簡略化したものだ。

天井から吊《つ》り下げた三十六燭《しょく》の灯の下、遙《はる》かいにしえの創世物語が紙面のむこうから立ち上がってくる——。

† † †

はじめに言葉があり、次に光が生まれ、そのあとに雨が降った。

雨は七日七晩ものあいだ空を落ちつづけ、八日目に「石畳」へ辿《たど》りついた。

雨は自《みずか》らを石畳が受け止めてくれることを喜び、一日も休むことなく降りつづけた。雨水は石畳にたくさん溜《た》まり、広がっていった。

雨が降りはじめてから七万年後、雨水はついに石畳のへりからこぼれ落ち、暗い奈落の底へ落ちていった。

石畳は永遠に落ちてゆく雨のことを哀れに思い、ただひとり天空を統《す》べる聖アルディスタに願い事をした。

『聖アルディスタ、これではあまりに雨がかわいそうです。わたしはどうなっても構いませんからどうか雨をお助けください』

聖アルディスタはその願いを聞き入れ、石畳をふたつに裂いた。すると雨はふたつの石畳のうえにたくさん溜《た》まり、再び広がっていった。

雨は喜び、勢いを弱めることなく降りつづけた。

七万年後、また雨があふれて、聖アルディスタはまた石畳を裂いた。

十二万年後に同じことが起こり、聖アルディスタがさらに石畳を裂こうとしたとき、一番目の石畳が涙を流して言った。

『聖アルディスタ、あなたの慈悲と寛大さがわたしのこころを打ちひしぐのです。もはやこれ以上の兄弟を求めることは戒《いまし》めましょう。これからは雨がわたしのうえを永遠に巡るように工夫して、あなたへの祝福といたします』

一番目の石畳はその誓いどおり、水が奈落へ落ちない仕掛けを創り出し、落ちるはずだった水を自らの中心から天へむけて打ち上げてみせた。

聖アルディスタは石畳を称《たた》え、水が落ちない工夫を「空の果て」、打ち上げられる雨を「聖《せい》泉《せん》」と名付けた。

聖泉から石畳の身体の一部が噴き上がり、それらは天空を旅する島となった。

それらの島のなかには、海に落ちて石畳に根を張り、「陸」となったものもいた。

聖アルディスタは「陸」に人間を創り、人間の友達として動物を創った。

『永遠の愛を約束するよ。産めよ、栄えよ、地に満ちよ。わたしはあなたたちが空の果てから溢《あふ》れぬよう、またわたしとの約束のあかしとして、いつも新しい島を天空へ産み落とし、あなたたちの頭のうえに掲げることにしよう』

その約束どおり、聖アルディスタは四年に一度、聖泉から空飛ぶ島を産み落とした。

空飛ぶ島は人間たちの頭のうえをゆっくりと飛び去り、三つの海を飛び越え、「空の果て」で石畳へ還《かえ》るのだった。

人間たちは聖アルディスタへ「空の果て」がどこにあるのか、と問いかけた。

『わたしは真実を知っているが、その問いに言葉で答えることを良しとしない。なぜならあなたたちがそれを探し求めることに価値があると知っているからだ。わたしはあなたたちの問いへの答えとして、天空の彼方《かなた》に動かない星を置くことに決めた。いつの日にかあなたたちがわたしの教えをよく守って充分に成熟し、三つの海を飛び越えることができるようになったなら、この動かない星を目指して進むと良い』

聖アルディスタはそう言って、不動星エティカを創り出し、漆黒《しっこく》の空の一点へ据えた。

それからというもの、ほかの星はいずれも天空を巡るのに、エティカだけは一点にじっと腰を据えたまま動かず、人間たちが自分を目指して飛んでくるのを待つことになった――。

†　†　†

神話はこののち、陸に栄えた人間のなかから建国の祖が登場する第二節になるのだが、カールはこのはじめの創世記第一節だけを繰り返し読んでいた。

面白いから……ではない。この記述は現在、バレステロス中の話題となっていて、読んでおかないと友人に置いてきぼりをくらうからだ。いまのうちに誰よりもよくこの内容を理解しておけば、あとでこの話題になったとき自慢できる。彼らは身分がぼくより低いだけでなく頭の出来も数段劣ることを自覚して、ますますぼくにへりくだるだろう。

カールは友人たちが地面に額《ひたい》をこすりつけてひれ伏すすがたを想像して、うふふ、と幸せそうに微笑《ほほえ》んだ。それからきりりと表情を引き締め、友人たちに自慢するためだけに神話の知識を取得する。

なぜいま、いにしえの創世神話が話題を呼ぶのか。

実在しないと思われていた「聖泉《せいせん》」がつい先日、航海家ルイス・デ・アラルコンによって発見されたためである。

天へむかって打ち上げられる雨、聖泉。

ルイスによれば、それはあまりに巨大な「海の噴水」であったという。

創世神話に記述される「空の果て」を発見するためにルイスがバレステロス皇国アトーチャ軍港を出帆《しゅっぱん》したのがいまからおよそ一年前。資金提供はカールの母、マリア・ラ・イール。水素電池を搭載した三隻《せき》の飛空艦船からなる探索艦隊は、聖アルディスタの言うとおりに不動星エティカへ舳先《へさき》をむけて、南方海《シア・サウラム》をただひたすら南東方面へ突き進んだ。

もちろんこうした探索はルイスがはじめてではない。洋上を長期航海することを目的にした大型帆船が登場してから五百年近くが経ち、数十度にわたって大規模な飛空艦隊が「空の果て」を目指して旅立っていったが、水と食糧がなくなって逃げ戻ってくるか、行ったきり二度と帰ってこないかのいずれかだった。ちなみにルイス以前の最長航行記録はとあるバレステロスの探検家が五年前に記録した二百五十六日間。片道四か月間、島影ひとつ見えない広大な空を飛行しつづけた忍耐は賞賛されてしかるべきだが、やはり船乗りも人間であるから四か月間も狭苦しい船内でまずい保存食と腐りかけた水を飲まされていれば我慢の限界はやってきて、結局のところ叛乱《はんらん》が起きて探検家は飛空艦艇の外へ投げ捨てられ、艦は島ひとつ見つけられないまま舳先をバレステロスへとむけた。しかしこの船員たちも無事では済まず、帰路では約八割の船員が船内感染病により死亡、飛行不可能となって海上漂流しているところを他船に発見され、生き残った半死半生《はんしはんしょう》の船員だけが本国へ帰ってきた。この船員たちが肉体とプライドと飛行技術の限りを尽くして「空の果て」を探索しようとしたことは疑うべくもないが、だがしかし、この果てのない空はそんな崇高《すうこう》な挑戦をも跳ね返してしまう。

そしてルイス・デ・アラルコンの登場となる。

出帆《しゅっぱん》前、彼は特に「水」に気を配った。これまでの探索のほとんどが船内に積み込んだ水の腐敗によって頓挫《とんざ》していたからだ。バレステロス中を歩き回り、カルデラ地帯の鉱泉水が通常の水よりはるかに腐りにくいことに気づいたルイスは、さらにこれを濾過《ろか》して酸化する不純物を取り除き、特別に作らせた塩化ビニール製の容器に密封して大量に船内へ積み込んだ。ルイスのもくろみどおり、この水は出帆から約一年後に探索艦隊が帰還した際にも腐敗しておらず、世界中の探検家を驚嘆させることとなる。

しかし水の安全を確保しても、ルイスの航海は平坦《へいたん》なものではなかった。

出帆から四か月目を過ぎた頃に船員のあいだに暴動の気配が色濃くにじみはじめた。船内で叛乱《はんらん》を起こして船長を海に投げ捨て、探索を中断して帰還する……というと船員が一方的に悪いように聞こえるが、地図のない探索飛行の際に船員たちに襲《おそ》いかかる不安と恐怖は並大抵でない。陸に生きる一般人がその心細さをわずかでも理解するには、水平線にむかって延々と泳ぎつづけるところを想像すると良い。

泳げば泳ぐほど砂浜は遠ざかっていき、海の色は深まって、体力は減っていく。進めば進むほど、引き返すときの体力もまたその分だけ必要になる。こんなふうに勢いに任せて突き進むのはいいが、はたして帰ることができるのか。おのれの泳力は帰路の分まで残されているだろうか。この先に島がある保証などない。ここは潔《いさぎよ》く諦《あきら》めて、反転して砂浜へ戻るのが賢明というものではないか——日数が経つにつれてそんな意見が説得力を強め、徐々に船内で支配的になってゆく。

ルイスは暴動寸前の船員たちと話し合いをつづけた。水と食糧の備蓄量を示し、この探索が世界へもたらす意義を説明し、空の果てを発見して帰還したときに得られる名誉と特別報酬《ほうしゆう》を餌《えさ》にして、船員たちの怒りを可能な限りに緩和、なんとか「あと二十日間、エティカを目指して進む。それでもなにも見つけられなかったなら引き返す」というところまで船員たちの譲歩を引き出した。

見張りの船員の双眼鏡に「それ」が映し出されたのは、話し合いから十八日間が経った朝のことだった。

取り乱す船員から双眼鏡を奪いとると、ルイスは息を呑《の》んでそのすさまじい光景を仔細《しさい》にわたって点検、観察した。

目測でおよそ二万メートルほどの彼方《かなた》——海が噴き上がっていた。

噴水……などという生やさしいものではない。海面が視界の果てまで横一線に断絶し、こちらの行く手を遮《さえぎ》るかのように海水の壁を形成していた。

はじめルイスは、この壁を大瀑布《だいばくふ》ではないかと思った。あの水の壁のむこうにこちらより一段高い海面があり、水はうえから落下してきているのではないか、と。

しかし水の壁の直前へ接近し、高度を上げて水流の上部を航過したなら、これが滝ではなく巨大な噴水というべきものだと知れた。

ルイスは乱気流と耳を聾《ろう》する轟《とどろ》きに耐えながら詳細にありさまを観察した。

眼下は海原といえるものではなかった。針山みたいな噴水部が視界の果てまで渺々《びょうびょう》と広がっていた。

大瀑布《だいばくふ》と同じく、この泉にも「端」というものが見えなかった。水の噴出はすさまじいまでの広範囲に及んでいて、どこまでいっても終わりなく、さらに不思議なことにその流出に伴う「海流」じみたものが全く確認できなかった。

「創世神話の聖泉《せいせん》だ」「本当にあったのか」「これだけでも大発見だ」「神話は本当だった、それなら空の果てもある！」

艦内は騒然となった。ルイスは聖泉の実在の証拠として数百枚に及ぶ写真を撮影し、この偉大な発見を以《もっ》て本国へ帰還することを宣言した。

それから六か月後の現在、バレステロス皇国はどこへ行ってもあまねく「聖泉」の話題で持ちきりである。熱狂とともに迎え入れられたルイスと船員たちはあちこちの講演会に引っ張りだことなり、勇敢な海の男たちの過酷極まりない冒険譚《たん》はたくさんの尾ひれを付着しながら人口に膾炙《かいしゃ》していった。

世界の謎《なぞ》がひとつ解明された。

聖泉は存在する！

ならば次は「空の果て」を見つけるべし。

宮廷内の雰囲気は第二次探検隊の編成へと傾いている。

そしていま、長期探索の旅を可能にする切り札として宮廷が注目しているのが、四年前に鹵《ろ》獲《かく》に成功した空飛ぶ島「イスラ」である――。


読んでいた本を傍《かたわ》らに置き、同じ題材を扱ったほかの絵本を手にとって創世神話にまつわる豆知識を執拗《しつよう》に探していたカールの口からあくびがひとつ洩《も》れたとき、不意に窓の外が騒がしくなった。

「ん？」

カールは窓に額《ひたい》を押しつけて、暗がりへ目を凝《こ》らした。

瓦斯《ガス》灯の光の下、黒塗りの馬車が離宮の前に二台ほど停《と》まり、なかから見たことのない軍服すがたの男性たちがどやどやと下りてきて、対応に出た執事を押しのけ、離宮内へなだれ込んできた。

「……？」

なにやらただならぬ様子にカールの首が斜めに傾く。

二階から悲鳴が届いた。まごうことなきマリアの悲鳴だ。

「ははうえっ」

一瞬の迷いもなくカールは部屋を飛び出した。寝間着すがたのまま玄関ホールへ駆け込んだところで住み込みの執事がカールを押しとどめた。

「心配無用でございます、皇子殿下。あれは近衛《このえ》師団の兵隊どもでして、皇妃殿下をお守りするべく馳《は》せ参じた次第。少々取り乱しておりますが、我らの味方ですぞ」

「なにがあったというのだ」

カールの質問に執事はわずかに考えてから、静かに告げた。

「革命です」

聞き慣《な》れない言葉に、カールの首がまたしても斜めに傾いた。


慌ただしく着替えさせられ、カールとマリアは四頭立ての同じ馬車に詰め込まれた。

馬首のむく先は父親の待つアレクサンドラ本殿。御者《ぎょしゃ》が緊迫した掛け声とともに鞭《むち》を入れ、瓦斯灯が照らす夜道をひた走る。

カールの対面、びしりとドレスを着込んだマリアの表情もいくぶん硬い。カールは心配そうに母の様子を見やってから、窓に顔を寄せて、漆黒《しっこく》の空を見上げた。

プロペラを轟《とどろ》かせ、アレクサンドラ近衛空挺師団麾下《きか》の戦空機たちが宮殿上空を旋回していた。大気が不気味に唸《うな》り馬車の窓をも震わせる。その銀灰《ぎんかい》色の下腹を幾本ものサーチライトが照射していた。

明らかにただごとでない。そのことだけはカールにもわかった。

きららかな星空が地上から打ち上げられる幾つもの漏斗《ろうと》状の光にまさぐられている。低くたちこめた雲が黄色く明滅する。その狭間《はざま》を飛び交う戦空機たちが、この世の終わりを告げにきた天使のように思えた。

夜道のむこうから軍用トラックがやってきて、ものすごい勢いで馬車の傍らを通り過ぎていった。荷台に腰を下ろしたたくさんの兵士たちのすがたが一瞬だけ見えた。

ほどなくして馬車は宮殿前に辿《たど》りついた。

警備兵に周囲を固められたまま、カールとマリアは過剰にすぎる内装のさなかを歩む。

皇王グレゴリオは「月の間」と呼ばれる広々とした社交室で妻子を迎えた。

カールは皇王のひげ面《づら》を見上げた。二か月ぶりに出会う父親は、いつものようになぜかカールによそよそしかった。おざなりにカールの背へ手を置いてから、マリアへ視線を移し、

「国軍が裏切った。うしろで糸を引いているのはアメリアーノ辺境公だ。あの執念《しゅうねん》深い一族は百年もむかしのことをまだ根に持っておった。ニナ・ヴィエントは知っているか」

「存じませんわ」

「辺境公が掲げる旗印《はたじるし》だ。庶民が全員、その娘にたぶらかされておる。なんでも風を自在に

操《あやつ》るとか。無知な連中が大道芸に魅《み》せられて公の手のひらで踊っておるのよ」

「戦いになりますの？」

「もうなっている。ニナ・ヴィエントの御輿《みこし》を担《かつ》いだ下々の民どもが十万人ほど農具や松明《たいまつ》をもってこっちへむかっておるところだ。なにも聞いておらんのか？　やれやれ、きみは本当に下界のことなど知らん顔であのお花畑で遊び暮らしていたわけか」

「あなたがお望みなら、ここで暮らしてもよくてよ？　きっと宮廷の皆様も胸の前でシンバルを打ち鳴らして大喜びしてくださるわ。歯茎《はぐき》を剝《む》き出しにして、きいきい」

「くだらぬ言い争いをしているときではない。万一のときは我々もここを出なくてはならん。心構えをしておくのだ」

「なんですって、ここを出る？　出てどこへゆこうというのです？」

「夜間戦空機に乗り斎《さい》ノ国の三《み》ツ浦《うら》へ落ち延びる。領主はわたしの従兄弟叔父《いとこおじ》でな、危急《ききゅう》の際はかくまってもらう手はずだ」

「斎ノ国!?　なにゆえ海の彼方《かなた》へ落ちねばならぬのです！　いやよ、そんなところへ行くくらいなら死んだほうがましっ！」

「ええい、わめくな。万が一の場合そうしなければならん、ということだ。こちらにはまだ近《この》衛《え》師団がいる。そう簡単にアレクサンドラは落ちぬよ」

皇王の言葉と同時に、揚力《ようりょく》装置の唸《うな》り声が高空から届いた。幾重にも折り重なり、増幅された駆動音が本殿の分厚い側壁をびりびりと震わせる。

カールは言い争う両親を背後に残して、ひとりでバルコニーへ出てみた。

きらびやかな星空のただなか、巨大な飛空艇が二隻《せき》、宮殿の上空を旋回していた。排水量一万四千トン、全長百十メートル、重巡空艦「エル・アギラ」「デ・カルドナ」。近衛師団の中核だ。

地上からのサーチライトが照らし出すその威容は空飛ぶ鋼鉄の鯨そのもの。周囲を幾十もの戦空機たちが舞い飛んで、アレクサンドラの空を敢然《かんぜん》と守っている。

見上げるカールの胸には誇らしさが湧《わ》き上がる。

——まけるわけない。

皇王の話では民衆の武器は農具だという。そんなものでこの空飛ぶ要塞《ようさい》を二隻も落とせるわけがない。空飛ぶ鯨たちは問題なく小魚の群れをひと飲みにしてしまうだろう。

なんだか自分がこの近衛師団を率いているような気分になって、カールはぎんと宵闇《よいやみ》のむこうを睨《にら》みつけ、小さな片手を掲げて言ってみた。

「やっつけてやる、このわるものめっ」

我ながらかっこいい。カールは悦に入《い》って、腰に両手を当て、さらに彼方の革命軍へむかい決め台詞《ぜりふ》を放つ。

「泣きべそをかけっ、ニナなんとかっ」

そのとき——風が吹いた。

「ん？」

ただの風——のはずだ。

が。

冷たい電流が脊椎《せきつい》を貫く。

星空の裾《すそ》を濃い影でくりぬいていた木立が一斉にざわめく。

森にいた鳥たちがいきなり飛び立つ。ひときわ高い鳴き声は仲間たちへの警鐘《けいしょう》か。

転瞬——。

「うわっ」

悲鳴が出るほどな突風がカールの足元を突き上げた。小さな身体が浮いてしまうほどの、下からうえへむかう風。カールは手すりにつかまった。

——吹き方がおかしい。

——風って横に吹くんじゃないのか。

——なぜ地から天へむかって吹き上がる!?

死に神が振り上げた鎌《かま》のごとく、突風は空へむかって突き上がっていく。

夜空がひび割れるほどに大気が咆吼《ほうこう》する。

暴風のむかう先に、エル・アギラとデ・カルドナ、それに戦空機二十八機編隊があった。

その風は質量の伴う生き物のごとく、重巡二隻の下腹に激突した。

ぐらり。百十メートルの巨体がふたつともゆらぐ。戦空機編隊がその影響をもろに受け、木の葉のごとく、ばらりと隊列を乱す。

一撃だけではない。二撃、三撃、風の鎌が下からうえへ突き上げられる。そのたびにすさまじい風圧が全天を震わせ、重巡二隻と戦空機隊を子ども玩具《おもちゃ》みたいに弄《もてあそ》ぶ。この突風では迎撃どころか、艦隊行動そのものが不可能だ。鋼鉄の鯨たちが大気の揺りかごに押し込められ、なすすべなく愛玩されている。

そのとき。

風むきがいきなり横方向へ変わった。

巨人が鉄槌《てっつい》を横殴りに振るうかのような、重量のある暴風。

あまりな勢いに上空の近衛《このえ》空挺大隊が今度は吹き流されてしまう。

カールは手すりにしがみついた。そして吹きつけてくる風へむかって目を凝《こ》らした。

七つ――。

こちらへむかい、夜空をまっしぐらに翔《かけ》てくる白銀の機影。

彼らの背を押すように風は吹いている。

こちらへは厳しく、あちらへは優しく。

風のなかに明白な意志があることをカールは悟った。

『ニナ・ヴィエント』

『風を自在に操《あやつ》るとか』

さきほどの皇王の言葉がカールの耳元を撫《な》でる。

「ニナ・ヴィエント」

カールはその名をこのときはじめて呟《つぶや》いた。

こののち長く憎みつづけることとなる宿敵の名を。

絶対に自分とは相容《あいい》れぬ運命のもとに生まれついた少女の名前を。

呟きと同時に、七つの機影の下腹から長い棒状の物体が切り離された。

白銀の機影が身を翻《ひるがえ》し、戦闘空域から離脱していく。切り離された七つの物体は尾部プロペラを唸《うな》らせながら一直線にエル・アギラを目指す。

カールの両眼が大きく見ひらかれた。

——空雷。

「よけろっ!!」

叫びと同時に、エル・アギラの鋼鉄の横腹へ七本の空雷が突き立った。

漆黒《しっこく》の闇《やみ》のただなかを数千の光の束が放射状に駆け抜ける。遅れて星空が轟《とどろ》き、湧《わ》き上がった灼熱《しゃくねつ》が地まで伝わる。真っ赤な爆煙が逆巻き、轟音《ごうおん》とともに天空を焦《こ》がす。その赫灼《かくしゃく》とした赤のなかに、ちぎれ飛んだ鋼鉄と、四肢《しし》を折り曲げてごみ屑《くず》のように空を舞うたくさんの人間たちの影が映じた。

エル・アギラの横腹から芽吹いた炎が風のなかへ舞い散る。幾千億の火の粉《こ》とちぎれた鋼鉄と折れ曲がった肉体の飛沫《ひまつ》。カールの口から甲高い悲鳴が洩《も》れた。

叫びにもお構いなく、またあの忌《い》まわしい、明らかな意志を孕《はら》んだ風が吹き上がる。

新たな烈風のただなか、さっきとは別な白銀の機影。

真っ二つになり、ゆっくりと地へ落ちてゆくエル・アギラをあざ笑うかのように、九つの影たちは上昇気流に運ばれ、すさまじい速度で天頂へむかい駆け上がっていく。

雲のない空を高度五千メートルまで一気に上りつめて、遙《はる》か眼下にデ・カルドナを見やると、影たちの機首が今度は一斉に真下をむき、鷹《たか》さながら逆落としに降下する。

風むきが今度はうえから下へ切りかわる。急降下爆撃隊の機速が上がる。デ・カルドナは必死に対空砲火を打ち上げる。

焼け爛《ただ》れた火線が幾千条も夜空を斜めに切り刻む。

爆撃機隊は打ち上げられる真っ赤な太刀筋《たちすじ》をかいくぐり、九つの爆弾を同時に胴体から切り離した。それから振り上げたナタを振り下ろすようにして、機首を真下へむけてデ・カルドナの真横を駆け抜けていく。

七発着弾。

デ・カルドナの艦橋が真っ赤に染まり、一瞬わずかに膨《ふく》れあがった次の刹那《せつな》、鉄鋼装甲が破裂する。

砕け散った装甲がきらきらと星明かり映し出すただなか、つづけて音もなく胴体の真ん中が隆起しはじめ、内側からめりめりと膨《ふく》れあがり、接合部位の耐久限界を超えて、二度目の大爆発が起こった。

火薬庫への直撃弾が引き起こした爆発だった。これは飛空艦艇にとって必ず致命傷となる。敵へ放ち出すはずの火力が全《すべ》て自《みずか》らの内側で爆発するわけだからいかなる装甲も耐えきれるはずがない。

衝撃波が同心円状に中空を駆け抜けた。

空域一帯が一瞬真空となったのち、閃光《せんこう》があがり、世界が灼熱《しゃくねつ》の白銀に染まる。直掩《ちょくえん》の戦空機が十機、巻き添えをくらって爆発した。

デ・カルドナの船体は真っ二つどころか粉微塵《こなみじん》になって星空から消滅してしまった。黒々した爆煙から四方八方へ砕けた鉄塊が飛び出していく。かつて重巡を構成していた鋼鉄たちが微細な破片となって地上へ降りそそぐ。そのなかには、原形を留《とど》めない、かつて人間であった肉片も混じっていた。

とうに悲鳴は枯れ果て、カールの口はあんぐりとひらいたままだ。眼前の光景の意味が理解できない。

どうん、と落雷じみた音がして足元がぐらぐら揺れた。あまりの恐ろしさに膝《ひざ》をつきそうになる。彼方《かなた》、エル・アギラのふたつに断ち切られた船体が地面に接触して爆発、中空高く火焔《かえん》と粉塵《ふんじん》を噴き上げていた。森のなかへ落ちたらしく、木々がすぐに燃え上がり、空の裾《すそ》をごうごうと焦《こ》がす。

星空が明滅していた。

明るくなったり、暗くなったり、地を爆《は》ぜる狂炎はのたうち、革命の夜の底を思うさま灼《や》きつくす。

おおお、おおお……。

十万の民衆があげる鯨波《げいは》が闇《やみ》のなかから伝わってくる。二隻《せき》の重巡が爆砕するさまが見えたのだろう。彼らの熱狂と昂《たか》ぶりが大気を通じてカールのところまで痛いほど伝わってくる。

「なんなんだ。なぜあいつらはこんなことするんだ」

燃えていく我が家の庭を見やりながら、カールは呟《つぶや》いた。

「やばんじんめ。なんてぼうりょくてきなやつらだ」

夜空の彼方を見やれば、蒼《あお》の光の塊がふたつ浮遊していた。おんおんと、揚力《ようりょく》装置の轟《とどろ》きが遠雷のように聞こえてくる。蒼い光は釣鐘形の輪郭《りんかく》を為《な》していて、釣鐘の左右にちかちかと赤い光がまたたく。不気味な光たちはゆっくりとこちらへむかってくる。

「殿下、あれは敵艦でございます。裏切った国軍のものたちが砲撃に来たのです。もはやこれまで」

バルコニーに駆け込んできた執事がそう言ってカールを抱き上げた。皇王も皇妃も取り乱しながらもすっかり逃げ支度を終えている。

「なぜだ。ぼくは皇子だぞ。えらいんだぞ。すごいんだぞ」

執事に抱《かか》え上げられながら、カールはずっとそう呟いていた。


しかし、近衛《このえ》師団の重巡二隻が轟沈《ごうちん》したいま、なにもかも手遅れだった。

革命軍に属する飛空戦艦は軽巡空艦一隻を従えて悠々と宮廷上空を制圧すると、手始めに飛行場に砲撃を加えて皇王の国外逃亡を不可能にした。さらに邸内のオペラ劇場を一斉射で爆砕して皇王を威嚇《いかく》する。近衛師団の直掩《ちょくえん》戦空機はまだ十四機が残存していたが、武装が機銃だけでは戦艦相手にいかんともしがたく、対空火器に追い立てられたところを革命軍戦空機隊に襲《おそ》われ、あえなく炎の尾を曳《ひ》きながら宮廷の空に散っていった。

首都アレクサンドラの空は革命軍の手に落ちた。こうなれば地上の勢力図も革命の色に染めあげられる。飛空戦艦と軽巡空艦による一方的な艦砲射撃は一時間もかからずに近衛師団地上部隊の戦闘機構を個人単位にまで解体した。

ニナ・ヴィエントに率いられた十万市民は蛮声《ばんせい》とともに近衛師団を追い散らすと、松明《たいまつ》を掲げ持ったままアレクサンドラ宮殿内へなだれこんだ。

これまで長きにわたってラ・イール皇家に搾《しぼ》り取られた分を取り返そうと、市民たちは躍起《やっき》になって掠奪《りゃくだつ》に走った。邸内に居を構えていた七百人、およそ百二十戸もの貴族たちの財はまたたくまに民衆の懐《ふところ》へ還元された。鬱憤《うっぷん》晴らしの狂熱のさなか、森には火が放たれ、銅像は引きずり倒され、噴水は砕かれて、逃げ遅れた貴族は取り押さえられ衣裳《いしょう》と装身具を剝《は》ぎ取られた。

皇王一家はチコ・プエルト離宮近くの飼料倉庫に隠れていたところを発見されて捕縛《ほばく》された。一家をそこへ隠した執事が、自《みずか》らの保身と引き替えに居場所を密告していた。近衛師団が壊滅してからわずか二時間後の出来事だった。呆気《あっけ》なく囚《とら》われた皇王と皇妃、それに第一皇子は、民衆の満ちる本殿前の大広場へと引き出された──。

十重二十重《とえはたえ》の炎がカールを取り巻いていた。

つい今日の夕方、自転車で横切った本殿前大広場が、いまや見慣れぬみすぼらしい身なりの人間に埋め尽くされ、逃《のが》れようのない断罪場と化していた。

松明の灯《あか》りに浮かび上がる民衆たちの顔、顔、顔。いずれも煤《すす》けて、歯は黄色く、肌はいぼいぼだったり、ささむけていたり、無精髭《ぶしょうひげ》まみれだったり。明らかに風呂に入る習慣を持たない人間たちの群れだった。これまで見たことのないほど薄汚くて殺気だった肉体の壁がカールの周囲に分厚く築き上げられていた。

見上げた夜空を飛び交う戦空機も飛空艦艇も全《すべ》て敵一色。誇り高い近衛師団の御紋章はとっくに地に踏みにじられて、どこにも味方がなく、ただ庶民たちの底知れない負の感情が堆積《たいせき》していた。

皇王グレゴリオと皇妃マリアはその輪の中心にいた。やつれた面持《おもも》ちのマリアの背後に隠れて、カールはじっと人垣が掲げる松明を見ていた。

皇王は威厳を保とうとしていた。

威嚇《いかく》の蛮声《ばんせい》を張り上げる民衆たちへ奥まった双眸《そうぼう》をむけて、一言の弁明も発することなくその場に佇《たたず》んでいた。最期だと悟っているのか、無様《ぶざま》なすがただけは見せまいと覚悟している様子だ。

「皇王を処刑しろ」「皇妃は監獄行きだ」「皇子は森に捨てちまえ」

そんな罵声《ばせい》が囚《とら》われの三人へ投げつけられる。カールはますますマリアのうしろで縮こまる。靴底を地面に接着してしまったかのように足が動かない。

と――風が吹いた。

さきほどとは違う、緩《ゆる》い夜風だ。松明《たいまつ》の炎が同じ方向へ一斉に傾く。

民衆たちがざわめき、包囲の一角がゆっくりとひらいた。

バレステロス皇国軍の軍服に身を包んだ上級士官たちと聖アルディスタ正教会の神父、それに麗々しい夜会服を身につけた貴族たちが十数名ほど勝者じみた足取りで皇王グレゴリオの面前へ進み出てくる。

なかでもひときわ目をひくのは軍人と神父に左右を守られて、裾《すそ》の長い白の上衣を身につけた小柄な少女だ。長い白銀の髪が夜風になびき、その表面へ炎の色を映していた。

「ニナ・ヴィエント」「風を統《す》べる処女王」「聖アルディスタの愛娘《まなむすめ》よ」

民衆のざわめきがカールの耳にも届いた。

――あいつがあの変な風を呼んだやつか。

マリアの背中に隠れながら、そこから顔を半分だけ出してニナ・ヴィエントを睨《にら》みつける。長い白銀の髪が目に焼きついた。

革命の中心人物たちは皇王の面前で歩みを止《と》めた。

皇王は黙って一行を睥睨《へいげい》していたが、そのなかのひとり、細身で白髪《しらが》頭の老貴族へむかって口をひらいた。

「百年の怨念《おんねん》が報《むく》われたな、アメリアーノ」

アメリアーノ辺境公の表情が歪《ゆが》み、かびくさい陰気な笑みを形づくる。

「あなたを追い落としたのは民衆の恨みだよ、グレゴリオ。我が一族はその波に乗っかっただけだ。あとは風が運んでくれたよ」

「ふん。波を煽《あお》り立てたのも風を起こしたのも貴公であろうに」

「ひどい誤解だ。知らんのかね？　風を呼んだのはこちらだよ。聖アルディスタの愛娘、風を統《す》べる処女王だ」

辺境公は左足を引き、右腕を胸の前で横へ流すと、芝居がかった仕草で傍《かたわ》らの少女へ一礼をした。ニナ・ヴィエントは返礼することなく、ただ静かにその場に佇立《ちょりつ》している。

ふん、と皇王は鼻でせせら笑った。

「田舎《いなか》娘の大道芸にアルディスタの御名をかぶせるとはな。貴公らしい浅知恵だ。無知な連中を踊らせるには充分であろう」

「貴様っ」

軍人のひとりが声を張り上げて皇王の言葉を遮《さえぎ》った。民衆たちからも怒りの声があがる。

「皇王が処女王を侮辱したっ」「聖アルディスタをも愚弄《ぐろう》したぞ」「皇王の罪状は『傲慢《ごうまん》』だ、聖アルディスタへの不敬罪だっ」

幾千の人間たちに罵倒《ばとう》されてマリアがはっきりと怯《おび》えた。カールもぎゅっとマリアのドレスにすがりつく。

「ひざまずけっ」「処女王に平伏《へいふく》しろっ」「許しを乞《こ》えっ」

興奮した民衆のひとりが皇王の背後へ駆け寄り、その背中へ農具を叩《たた》きつけた。

皇王の身体が崩れ落ちる。わあっ、と人間の壁から歓声があがる。軍人のひとりが暴挙を働いた男を捉《とら》えたが、民衆の興奮に火が点《つ》いてしまった。壁のなかからまたひとり、薄汚い身なりの中年男が躍り出て、うつぶせに倒れた皇王のうしろ手をひねりあげると、黙って佇《たたず》んでいるニナ・ヴィエントに頭を垂れる格好を強制する。

惨《みじ》めなすがたの皇王へ群衆の大笑いが降《ふ》り下りる。制止するものは誰もいない。ニナ・ヴィエントは興味なさそうに夜風に吹かれている。

カールは震えながら、黙って父親のすがたを見ていた。

皇王が父親らしいことをしてくれた覚えはない。愛情を注がれた記憶はないし、口をきいたことも数えるほどにしかない。いつも遠い存在で、あの人が父親なのだと人から言われても実感が伴わなかった。

けれどいま、カールの胸を駆け巡るのはたとえようのないほどの悔《くや》しさだった。いつも威厳に満ちていた父親のとらされた姿勢が、幼いカールの胸を引き裂いていた。どうしようもないほど身体の内側が熱かった。

「やめろっ。おまえたち、みのほどをわきまえろっ」

気づいたらカールはそう叫んでいた。マリアが慌てて身を屈《かが》め、カールの口を塞《ふさ》ごうとする。しかしカールは身をよじりながら絶叫した。

「ぶれいものどもっ。ぐみんどもっ。おまえらみんな、ギロチンをくれてやるっ」

第一皇子の狂態に気づいた民衆が、さらなる嘲笑《ちょうしょう》を浴びせる。酒臭い男たちがマリアのもとへ寄ってきて、彼女の細い両腕を腰のうしろへ回し、皇王の隣にひざまずかせる。無精髭《ぶしょうひげ》まみれの男が、顔を上げようとしたマリアの髪を鷲《わし》づかみにすると、力ずくで地に押しつけた。

カールは汗臭い男にうしろから抱き上げられて、身をよじりながら、喉《のど》を裂くようにして叫んだ。

「ははうえっ、ははうえ——っ!!」

カールの絶叫に群衆の大笑いが応《こた》える。マリアはニナ・ヴィエントの膝元《ひざもと》にまで犬のように引きずられて、その靴へ口づけを強制された。

「きさまらっ!! きさまらぁぁっっっ!!」

カールの声はもはや音を為《な》していなかった。涙が勝手に溢《あふ》れ出てくる。無力な自分がたまらなく悔しい。どれほど暴れても、男の太い両腕から逃《のが》れ出ることができない。

「皇子もだ、皇子もひれふせっ」

人間の壁からそんな声が投げられる。カールを抱きかかえていた男は悠々とマリアの隣へ爪《つま》先《さき》を運ぶと幼い皇子の両膝を地に落とし、うしろ髪を鷲づかみにして、石畳へカールの顔を押しつけた。

唇から鉄の味が届いた。哄笑《こうしょう》が遠くから聞こえる。カールは無理矢理に瞼《まぶた》を押しひらき、頸骨《けいこつ》が軋《きし》むほど顔をねじって、横目で傍《かたわ》らを見上げた。

にじむ視界のむこう、ニナ・ヴィエントの白銀の髪があった。

風を統《す》べる処女王。聖アルディスタの愛娘《まなむすめ》。

彼女は眼前の出来事の一切に興味を払うこともなく、ただ安穏《あんのん》と風に吹かれている。わたしは天空から舞い降りてきた神の子孫であり、地上のこうした暴力的な醜《みにく》さ、汚《きたな》らしさとは無

縁なのだ、とその佇《たたず》まいが表明しているかのよう。

と——ほんの一瞬だけ柔らかい風が処女王へむかって吹きつけ、顔を隠していた髪がふわりと浮き上がった。

野葡萄《のぶどう》みたいな青紫色の瞳《ひとみ》。

感情というものが剥落《はくらく》した、人形じみた無表情。

抑えつけられながらも、カールはニナ・ヴィエントの素顔を網膜《もうまく》へ焼きつけた。

決して忘れない。

いつまでもいつまでもこの素顔を頭蓋《ずがい》の中心に刻印し、いつかこの屈辱をそのままお前に与えてやる。

無理矢理に引きずられ、ニナ・ヴィエントの靴へ唇を押しつけられながら、カールは繰り返し繰り返し、その決意をおのれの魂の中心へ深々と刻みつけていた。あまりの蛮行《ばんこう》を見かねた神父のひとりが男たちの行為を戒《いまし》めるまで、皇王と皇妃と第一皇子はニナ・ヴィエントの足下《あしもと》にひざまずかされ、頭を踏まれ、地面を嚙《か》まされていた。

翌朝、処刑場を取り囲んだ群衆へむかい、皇王グレゴリオ・ラ・イールは冷然とした笑みとともにこれからはじまる新しい政体の悲惨な末路を予言したのち、次のような言葉で最期の演説を締めくくった。

「いつか再び諸君が王政を望む日のために、王の血を保存せよ」

居丈高《いたけだか》な態度ながら、皇王は明らかに革命政府に対して第一皇子カールの延命を要請していた。群衆たちが罵声《ばせい》を浴びせるなか、皇王の首はギロチン上で胴から切り離された。

わずか一夜にしてバレステロス皇国は崩壊し、代わってバレステロス共和国がおぼつかない産声《うぶごえ》をあげた。腐敗した王政の名残を完全に廃するため、王族が実権を握っていたそれまでの立法府を完全に破壊し、議会議員が実権を握る立法府を定立《ていりつ》しての出発だった。一見すると民主的に思える革命初期のこの判断が、のちに血で血を洗う政争を引き起こすことをまだ人々は知らない——。

冷たく暗い石敷きの牢獄《ろうごく》。

窓は外から分厚い布がかけられて、外からなかが見えないようになっている。日の光も差し込まない。布の隙間《すきま》に垣間《かいま》見える光で、いまが昼なのか夜なのかを判断する。

カビにまみれたぼろぼろのベッド。埃《ほこり》をたっぷり含んだ、いやな匂《にお》いのする毛布。煤《すす》にまみれた燭台《しょくだい》。鉄の扉の前に置かれた、汚れたままの食器。壁の隙間から大きなネズミが出てきて皿を舐《な》める。

カールは湿って苔《こけ》むした石壁に背中をもたせて座ったまま、暗がりのなかのマリアの様子を眺めた。

わずか一夜にして魂の抜《ぬ》け殻《がら》のようになってしまった母は、ひとこともロをきくこともなくおんぼろの木の椅子《いす》に腰を下ろしてうつむいている。

いつもきれいにまとめて結《ゆ》い上げていた髪が、いまはあちこちがほつれ、ささくれて、燭台の灯《あか》りをかぼそく弾《はじ》いている。

カールの胸がぎりぎりと軋《きし》んだ。呼吸するだけで脊椎《せきつい》へ痛みがはしる。

「ははうえ」

呼んでみた。反応はない。

「ははうえ」

泣きそうになる。けれどこらえる。ぼくは皇子なのだから、普通の子どものようにふるまってはならない。孤独でも、寂しくても、いつも毅然《きぜん》と、超然としていなければ。

でも。

いまそれはできそうにない。

「ははうえ。げんきをだしてください」

涙が溢《あふ》れてくる。こらえきれない。顔がぐしゃぐしゃに歪《ゆが》んでしまう。

「うわあああ。わああああ」

カールは声をあげて泣きはじめた。そして母親にすがりついて、膝《ひざ》に顔を埋《うず》め、みっともないほど涙と鼻水を垂れ流す。

「カール」

マリアはかすれた声で呟《つぶや》いた。幼い息子の背中に片手をあてて、そっと撫《な》でる。

「ははうえっ。ははうえっ」

マリアの両手がカールの両脇に入った。母は息子を抱き上げて膝のうえへ乗せると、きつく抱いた。

嗚咽《おえつ》しながら、カールの両手がマリアの背中へ回る。親子はおぼつかない手つきで不器用にぎゅっと抱きしめあった。

「わたしの宝物」

マリアはそう言って、カールの額《ひたい》に口づけをした。彼女の両眼から、尽きることなく涙が流れ落ちる。

何度も何度もしゃくりあげながら、カールはなぐさめの言葉を絞り出した。

「ははうえ。えぐっ、えぐっ。なかないでください。えぐっ」

「泣いてないよ」

「えぐっ、えぐっ。うわあああっ。うわあああっ」

「泣かないで、カール」

「ははうえっ。ははうえーっ」

カールは母の胸に顔を埋めた。柔らかくて暖かくていい匂《にお》いがした。カールは力いっぱい母の身体にしがみついた。こんな状況だけれど、やっと母を独占できてうれしかった。

このままいつまでもこうして甘えていたかった。辛《つら》くて悲しくて涙が止まらないのに、これまで感じたこともないほど幸せだった。みすぼらしい不潔な牢獄《ろうごく》のなか、窓から外の光も入ってこないけれど、このままずっとこうしていたいと思った。


それからの一か月間、カールとマリアはふたりっきりで石の牢獄のなかで暮らした。

食事は一日に二回、看守が持ってくる豆のスープだった。はじめはとても食べられなかったカールだが、そのうち空腹に負けて無理に飲み込めるようになった。味というものはほとんどしなかったが、母親と一緒に食卓につけることがうれしくて、とりとめもないことを話しながらスプーンを動かした。

牢のなかに娯楽というものはなかった。

母親を楽しませるために、カールは王宮にいたときに起きたいろんな面白い出来事を話して聞かせた。ずっと前から話したかったのだが聞いてもらえなかった事件の数々。身振り手振りを交え、記憶を探りながら、楽しんで聞いてもらえるように誇張して話したところもある。マリアは微笑《ほほえ》みを浮かべて息子の話を聞き入っていた。時折、質問などを挟みながら、注意をほかへ逸《そ》らすことなく、つたない口ぶりの他愛《たわい》ない話を心地よさそうに聞いていた。

わずかな光で昼と夜の区別をつけて、親子はじっと寄り添っていた。食事は充分とはいえないし寝床も不衛生だし、水に浸《ひた》した布で身体をぬぐうのが湯浴《ゆあ》み代わりだったが、カールの胸のうちはチコ・プエルト離宮にいたころよりも温かだった。

革命政権の狙《ねら》いは、カールの獄死だった。日の差し込まない牢獄で、不衛生で栄養のない食事を与えつづけていれば、ひよわな皇子は衰弱して死ぬ。子どもをギロチンへ送るわけにはいかないが病死であれば世間も納得してくれるだろう。そんな思惑《おもわく》のもと、陽光を浴びることも許されない生活がいつ果てるともなくつづいた。

ここへ連れてこられてから幾日経ったかもわからなくなった頃、カールが頻繁《ひんぱん》に咳《せき》をしはじめた。マリアは看守に日光を浴びさせてくれるよう頼んだ。かつて皇妃であった人が看守の袖《そで》にとりすがって言葉を尽くし、額《ひたい》を地に擦《こす》りつけるようにして哀願した。

看守長は一時間だけ親子が外に出ることを許した。

カールはマリアに手を引かれて、ずっとふたりを閉じ込めていた鋼鉄の扉をくぐり抜けた。

自分がどこかの塔の最頂部に幽閉されていたことをカールは知った。母の背について狭い螺《ら》旋《せん》階段を下りていくと、塔の中庭へ通された。

「わあ」

降りそそぐ日光が眩《まぶ》しくて思わず目を閉じて手でひさしをつくる。瞼《まぶた》越しにも光が目に痛い。

やがて徐々に慣れてくる。おそるおそるカールはひさしを下ろし、伏せていた瞼をあけた。中庭は高い石塀に取り囲まれていて空を広く見晴らすことはできないが、切り取られた視界であっても、一月の空の青はカールの網膜《もうまく》に痛いほど刻みつけられた。

大気は透《す》きとおっていた。名も知れぬ鳥がさえずりながら空を横切っていった。むこうの青が透けるような薄い雲がたなびいていた。冬の日射しが全天に満ち、切り分けられた光たちが雲と雲の狭間《はざま》に交差して、銀河の果てからにじんできたような底知れない色合いを醸《かも》していた。

「うわあ……」

また溜息《ためいき》が洩《も》れた。と同時に、まなじりから一滴、流れ出るものがあった。ぼろぼろとカールの両眼から涙はこぼれ落ちた。どうして泣くのか自分でもわからない。この澄み切った風景のむこうにあるなにかが、こうした涙を呼び起こすのだろうか。こころの奥底にあるなにか、意識の最も深いところに横たわるなにかが、この一点のけがれもない風景に共鳴していた。冬空と意識とが清らかな旋律を紡《つむ》いで、胸の奥底の苦しみや悲しみを流し去ってしまう。

「カール」

傍《かたわ》らを見れば、マリアもまた泣いていた。なぜかカールは笑った。それを受けてマリアも笑った。母と子は互いに手を広げ、寄り添って抱き合い、思い切り泣き、笑いながら、一月の空を仰いだ。

ふたりそろってぐしゃぐしゃに泣いた。そしてお互いのひどい顔を見て笑った。ますますきつく抱き合って、止まらない涙を相手の衣服でぬぐった。空と雲と鳥たちは不格好な母子の交流を黙って見守っていた。

「きれいなそらですね、ははうえ」

「きれいね。本当にきれい」

「まぶしいです。ひかりがいっぱいで」

「そうね。神さまに感謝しましょう」

「はい」

ふたりは互いに手をほどくと、地に膝《ひざ》をついて胸の前で両手の指を互い違いに組み合わせ、空へ感謝を捧《ささ》げた。

日射しがカールの全身に染み渡った。身体の内側がぽかぽかしてきた。カールは懸命に祈った。

――神さま、どうか母上をこの牢《ろう》から出してあげてください。

――そのためであるなら、ぼくはどうなっても構いませんから。

――神さま、お願いですから、どうか。

するど、どこか遠くから、プロペラの駆動音が聞こえてきた。

カールは目をあけて、ひざまずいたまま空を見上げた。

真っ白な飛空機が一機、中庭の上空を航過しようとしていた。胴体から張り出した両翼が冬の日射しを浴びて白銀に輝いていた。

機体は自由にゆったり雲と遊び、澄み切った蒼天《そうてん》を遊弋《ゆうよく》する。まるで神さまが祈りに応《こた》えて、あの飛空機をここへ呼んでくれたかのように。

カールは飛空機を指さして、傍《かたわ》らのマリアへむかい、

「ははうえっ、ぼくはあれに乗れるようになります。あれに乗って、飛んでいきます」

「まあ、カール。あなた、飛空士になるの？」

「ひくうし？」

マリアは微笑《ほほえ》んだ。そしてカールの頭を優しく撫《な》でる。

「空を飛ぶ人のこと」

「そらを飛ぶひと！」

カールの瞳《ひとみ》が輝いた。空を飛ぶ人。素敵な響きの言葉だった。

「そうです、ははうえ、ぼくはそらを飛ぶひとになります。あんなふうに、かっこよく飛びます」

「良い夢ね。そうよカール、あなた、飛空士になりなさい。ずっと自由に、誰にも縛られずに

空を飛ぶの」

「ひくうしになって、ははうえを乗せます。ははうえといっしょに、そらを飛びます」

「まあ、ありがとう。わたし、カールと一緒に飛べるのね」

「ここから出ていきます。そらを飛んで。ははうえといっしょに」

飛空機はやがて空の彼方《かなた》へ去っていった。母子はしっかりと寄り添って、いつまでも青空を見上げていた。幸せな中庭へ冬の太陽が白い光を投げかけていた。様子を窺《うかが》っていた看守長は約束の時間を過ぎても、しばらくふたりをそのままにしておいた。その日のうちにカールの咳《せき》は収まった。


数日後——。

マリアだけが牢《ろう》から出され、どこかへ連れて行かれた。

カールは看守長に母の行く先を尋ねた。「裁判」と答えが返ってきた。聞いたことのない言葉だった。不安な気持ちを抱《かか》えたまま、暗闇《くらやみ》のなか、カールはじっと母の帰りを待った。

マリアは三日後に帰ってきた。佇《たたず》まいは静かで落ち着いていて、行く前とそれほど変わった様子は見られなかった。

「ねえカール。今晩は一緒に寝ましょうか」

いたずらっぽい声音《こわね》で、マリアはそう言った。

カールの首が斜めに傾く。思案してから、模範解答を提出した。

「ぼくはりっぱな王様になります。だからひとりでねられます」

マリアは優しくカールの頭を撫《な》でながら、

「あのね、カール。あなたはもう、王様にならなくていいの」

「どうしてですか」

しばらく考えてから、マリアは微笑《ほほえ》んで答えた。

「不幸になるから」

「……？」

「カールは飛空士になるんじゃなかったっけ？」

「はい。空をとぶ王様になります」

「空を飛ぶ人でいいのよ。普通の人」

「ふつうのひと……」

なにか釈然としないものがカールの胸をよぎる。母の言うことが理解できない。

「一緒に寝ましょう。もう皇子でなくていいから。せめて今夜だけでも母親らしいことをさせて。お願いだから」

そう頼まれればカールも断れない。それに母親と一緒に眠れるのは素直にうれしい。マリアが出かけているあいだ、牢獄《ろうごく》の暗闇のなかにひとりで眠っていたので寂しい気持ちもあった。

その夜、豆のスープをいただいてから、薄い毛布に母子はくるまった。

マリアの体温がうれしくて、カールはにこにこ笑い、ここでひとりで待っているあいだも泣かなかったことを誇らしげに告げた。

「ぼくはもうなきません。なにがあってもなかないです」

「そうだったの。偉かったわね。でも、無理はしなくていいのよ。泣きたいときは泣いていいの」

「むりしてません。ぼくはひとりでもへいきです」

マリアは黙ってカールを抱き寄せた。カールの小さな両手がマリアの背中へ回る。

「許してね。悲しい思いばかりさせて。わたしは駄目な母親ね」

マリアの声音《こわね》に涙がにじんでいることにカールは気がついた。ますます強く母にすがりついて、素直な気持ちで言う。

「ぼくはかなしくありません。いま、とってもうれしいのです。ここでは、ははうえとずっといっしょにいられるから。いままでいちばん、しあわせなのです」

マリアは両目から流れ出るものを手のひらでぬぐった。それから無理に微笑《ほほえ》みを浮かべてカールの小さな背中を優しく抱きしめる。

「あなたはわたしの全《すべ》て」

「ははうえ」

「あなたはわたしの生きた証《あかし》」

「ははうえ……？」

「あのね、カール」

「はい」

「お母さんは明日、遠いところへ行くことになったの」

「え……」

「あなたはこれからひとりで生きなくてはならない」

「え……？」

「許して」

「ははうえ」

「皇子だったことは忘れて。普通の人として生きて。周りのみんなと仲良く、けんかしないように、相手の気持ちを思いやるの。偉そうにしないこと。お願い」

マリアの言うことがカールにはよくわからない。これまで受けた教育のなかで、指南《しなん》されたことのない内容だった。

「……きもちを、おもいやる？」

「相手の立場になって物事を考えるの。それから、相手が喜ぶことをしてあげるの。そうすると、相手の人はカールに親切にしてくれるのよ」

「……うーん……」

「難しい？」

「よくわかりません」

「カールはいつも、お母さんを大事にしてくれるよね」

「はい」

「これから出会う人みんなを、お母さんと同じくらい大事にするの」

「そんなことできません」

「どうして？」

「ははうえがいちばんだいじですから」

「………」

「なかないでください、ははうえ」

「神さま、どうかこの子を幸せにしてあげてください。どうか、どうか、お願いですから、不幸な目にだけは遭《あ》わせないでください」

「どうしてなくのですか」

「わたしはどうなってもいいですから。地獄の最下層へ落としてくださって構いませんから。どんな苦しみにも辱《はずかし》めにも耐えますから。ですからこの子にだけは、どうか、どうか、喜びだけをお与えください」

「ははうえ……」

「……」

「なかないでください……」

「……カール。明日、あなたはよその家へ引き取られるの。いままであなたが住んでいたうちに比べるとずっと小さいし、毎日の食事も満足にあるかどうかわからない。けれど、我慢して。そこのうちの人の言うことをよく聞いて、素直に従って。育ててもらうのだから。絶対に逆らわないで。約束して」

「……よくわかりません、ははうえ」

「明日でわたしとはお別れなの。あなたはひとりで、強く生きていかなくてはならないの」

「どうして。どうしてですか。ぼくは、ははうえといっしょにいたいです」

「わがままを言わないで。お願い。お母さんの言うことを聞いて」

「ぼくもははうえといっしょにいきます。どこでもいきます。おわかれはいやです」

「やめて。お願い。お母さんの言うことを聞いて。お願い」

「なかないでください」

そう言いながら、カールは声をあげて泣きはじめた。涙と鼻水を垂らしながら母親の背中にきつくすがりつく。

「泣かないで。どうか。神さま。言葉をお与えください。この子に通じる言葉を。この子のこころへ届く言葉を」

「いっしょにいたいです。いっしょにいます」

「……一緒よ。お母さんは一緒にいるの。見えなくても。一緒にいるから」

マリアはカールの胸の中心、心臓のあたりを指さした。指先でとんとん、軽く叩《たた》く。

「ここにいるよ。ずっと、カールのここにいるから」

「……ここ……？」

「ここへ話しかけるわ。見えなくても、さわれなくても、ずっとここにいるから」

「みえないの……？」

「うん。でも、ずっと一緒。あなたが望む限り、ここに一緒にいるよ」

「ずっといっしょですか」

「うん。永遠に」

「えいえんに、いっしょ」

カールの涙が止まった。マリアは微笑《ほほえ》んだ。かけがえのない、誰よりも愛《いと》おしい息子をぎゅっと抱き寄せた。

「愛してる」

「ははうえ」

「永遠に」

「ずっといっしょです」

母親の胸に顔を埋《うず》め、その温かさにうっとりしながら、カールは目を閉じた。それがふたりで過ごした最後の夜だった。


翌朝――。

鋼鉄のドアが重い音を立ててひらき、石牢《いしろう》のなかへ看守たちが入ってきて、無言のうちにマリアを促した。

マリアは膝《ひざ》をついて、カールの小さな身体を抱きしめた。それから顔を上げて、幼い息子の瞳《ひとみ》をまっすぐに覗《のぞ》き込む。

「あのね、カール」

「はい」

「これからなにがあっても、誰も憎まないと誓って」

「…………？」

「憎しみはあなたを滅ぼすだけ。あなたは許さなくてはならないの。どんなにひどいことをされても、あなたはそれをした人を許さなければならない。それがきっと、あなたの役割であり、使命なの」

「……よくわかりません」

「許す。言ってみて」

「ゆるす」

「そう。そのことを覚えていて。憎しみに囚《とら》われないで。あなたは光だけを見ていて」

「ひかり」

「そう。あなたが許したら、光が闇《やみ》をぬぐいさる」

「ゆるしたら。ひかりがやみをぬぐいさる」

母の言うことはカールには難しかった。しかしその言葉は、一連の音の連なりとして記憶の淵《ふち》に刻印された。いつか大きくなって意味がわかるようになったなら、この音の連なりを呼び戻せば良いのだと漠然《ばくぜん》と思った。

「この子をお願いします」

マリアが傍《かたわ》らの看守長にそう言った。看守長は黙ってカールの手を握った。あとのものたちがマリアの三方を固め、牢から出す。

「ははうえ」

カールはマリアの背中へ呼びかけた。

マリアは振り返り、カールの胸の中心を指さして、きれいに微笑《ほほえ》んだ。

慈愛と尊厳がにじんだ、最期の、そして永遠に忘れ得ぬ笑みだった。

「ずっと一緒にいるよ」

誰よりも愛《いと》おしい人はカールの心臓を指し示しながらそう告げて、それから背をむけた。

「ははうえっ」

なにか悪い予感がして、カールはマリアを追おうとした。しかし看守長がうしろからカールを抱き留《と》めて放さない。

「はなせっ。ぶれいものっ。はなせっ」

手足をばたつかせてあがく。母は石段を下りていく。背中を追えない。遠ざかっていく。

「はなせっ!!　はなせ――っっ!!」

絶叫したが看守長は決して放そうとせず、小声でカールの耳元へささやく。

「行ってはなりません。なにも見てはなりません。どうか、どうか、このままお別れを」

「なにをいう！　なにを、なにをっ!!　はなせっ、みのほどをわきまえろっ」

「おやめください。どうか、お聞き届けください」

血のにじむような声で看守長がそう言う。母のすがたが見えなくなる。と、野外からたくさんの蛮声《ばんせい》があがるのが聞こえた。

地を震わせるこの声――はっきりと聞き覚えがある。

これは――あの忌《い》まわしい夜に響いた――革命の鯨波《げいは》！

カールの髪がぞっと逆立った。いまになってようやく母親がなぜ昨夜一緒の寝床で寝たのか理解した。

「うおおおっ」

獣じみた叫びがカールの口からいきなり迸《ほとばし》った。押さえていた看守長が一瞬ひるんだ。隙《すき》を逃《のが》さず、カールは幼い二本の指を看守長の両目に突き立てた。

「うあっ」

巻き付いていた両腕がほどけた。カールはそのまま母親を追って牢《ろう》を飛び出し、螺旋《らせん》階段を駆け下りる。日光浴をした中庭を越え、石壁に穿《うが》たれた門をくぐり抜けると、監獄塔の敷地の外へ出た。

「ははうえっ」

呼びかけは、詰めかけた数千の群衆のあげる罵声《ばせい》のなかへ呑《の》まれた。

カールの目の前にはたくさんの人の背中だけがある。土埃《つちぼこり》の染み付いた、ほつれだらけの衣服とろくに手入れもされていないぼさぼさ髪の群れ。そして空間に満ちる、聞くに耐えない悪罵《あくば》。敗者への容赦ない嘲笑《ちょうしょう》。汗と垢《あか》の匂《にお》い、品のない冗句。

「ははうえ——っ」

叫びながら、カールはその薄汚れた壁のなかへ突っ込んでいった。臭い背中を押しのけ、小さな身体を人と人の隙間にねじ込み、くぐり抜け、転んで、起き上がり、また人垣をかき分けて、遂《つい》にその壁を越える。

視界がひらける。馬蹄形《ばていけい》の人垣の中心に母はいた。

「なんと面《つら》の皮の厚い女だ！」「お前のおかげで国が傾いたというのにっ」「恥を知れ売女《ばいた》」

ひどい罵声を浴びながら、マリアはうつむくこともなく、しなやかな姿勢で馬車の荷台に突っ立っていた。

「お前のせいで何人飢え死にしたのか知っているのかっ」「おれたちが飢えようが関係ないんだっ」「この女にはギロチンでもまだ甘いっ！」

非難が一方的に母の背を打つ。

母は静かな態度で浴びせられるその言葉を受け止めている。

そして——カールは気づいた。

母が乗せられているのは——豚を運ぶ荷台じゃないか！

音にならない悲鳴がカールの口から洩《も》れた。

ひょうひょうと、壊れた笛みたいな吐息の欠片《かけら》がこぼれる。なぜいつも輝いていた美しい母が罵声を浴びながら豚の荷台に乗せられねばならないのか、理解できない。

ただ視界がにじんでいく。両目から溢《あふ》れてくるものがある。抑えられない。カールに飽和できる限界を超えた感情が、音のない絶叫となって外界へ迸る。目も鼻も口も原形を留《とど》めず溶け落ちる。

こころが、ひび割れる。

と、うしろから看守長の両腕が伸びてきて、カールの身体を肩のうえへ抱きかかえた。

「皇子、見てはなりません！」

看守長は辛《つら》そうにそう告げて、人垣のなかへ戻っていく。にじむ視界のむこうに、家畜運搬用の荷車に乗せられた母の背中が消えていく。カールはあがくことも忘れ、ただ顔をあげて、歪《ゆが》んだ風景のむこうへ最愛の母が運搬されていくのを見た。


「いっしょにそらを飛ぶのに」

看守長に運ばれて人垣を抜けて、地のうえに下ろされても、言葉だけがひとりで勝手にぽろぽろとこぼれ落ちる。

「ははうえといっしょに、そらを飛ぶのに」

嗚咽《おえつ》が出てきた。

「そらを飛ぶって。いっしょにそらを飛ぶって」

カールは泣いた。常に親子に同情していた看守長も傍《かたわ》らにひざまずき、顔にいっぱい皺《しわ》を浮かべて、カールと一緒に泣いてくれた。

「うえええ。いっしょに飛ぶって。ははうえええ。いっしょに飛ぶって。ははうええっ」

空を見上げ、カールはその場に直立したまま慟哭《どうこく》した。

「うわああっ。ははうええええっ。うわあああっ。ははうええええええっ」

そうやってカールはずっと泣いていた。人垣が崩れ、人々が帰路についても、カールはその場に残り、いつまでもいつまでも声をあげて泣いていた。

泣きながら、思考だけが勝手に爆《は》ぜていた。ぎゅっと圧縮された負の感情が地中を掘り進む採掘機械みたいにカールのこころを穿《うが》ち、傷つけ、破壊してゆく。

——みんな、いなくなった。

大切だったものも、そうでなかったものも、なにもかも。

宮殿も、離宮も、ひとりで眠る豪勢なベッドも、卑屈な家臣たちも、いつも遠くにいた父親も、へつらってくる友達も、ぴかぴかの自転車も、大好きな美しい母も、もう二度と戻ってこない。あの薄汚い連中がなにもかも持っていってしまった。

——このまま泣いていよう。

この身体が涙になって溶け落ちるまで泣いていよう。ぼくに残された唯一の持ち物が力尽きて、鼓動することをやめて天に還《かえ》ってしまうまで、こうやって空を見上げ、みっともなく、いつまでも。もうそれでいい。もうそれだけがぼくの願いだ。こんな思いをしてまで生きなければならない義務なんてどこにもない。こんなにも哀《かな》しいのに、こんなにも苦しいのに、どうして無様《ぶざま》に這《は》いつくばって生きなきゃいけない。歯を食いしばって膝《ひざ》をついて泥のなかから立ち上がる意味なんて、この世界のどこにもない。

――そうでしょう、神さま？

くそったれの神さま。なにを問いかけても答えてもくれないくせに、天の玉座にふんぞり返って鼻くそをほじりながらただ試練だけを投げつけてくる残酷な神さま。

――なくなってしまえ。

なにもかも消え失《う》せろ。こんな意味のない、くそったれの世界なんて、全部全部、ぼくも含めて、過去も未来も現在も、あとかたもなく粉微塵《こなみじん》になってゼロに還ればいい。

そんなふうに運命と天空と世界と人間たちを罵倒《ばとう》しながら、カールはいつまでもひとりぼっちで泣きつづけた。このまま地面がぬかるみになって膝まで埋まって足首が腐りはじめても泣いていようと思った。

ひとり――カールの様子を黙って見ていた中年男が、看守長の傍《かたわ》らへ歩み寄った。

「なあ看守さん。皇子の引き受け先は決まっているのか」

痛ましげにカールに寄り添っていた看守長が顔を上げる。

「あ、あぁ。となり町の有名な性悪爺《しょうわるじい》さん……まあ、高利貸しなんだが、そこの養子におなりだ」

「……なんでまたそんなとこに」

「………………」

「ひでえじゃねえか。なあ。もっとまともな引き受け先はないのか」

看守長は顔をしかめ、黙考したのち、小声でその男性に辺境公の指図《さしず》だと告げた。町でも飛びきり性根《しょうね》のねじ曲がった人物をカールの養父に指定して、皇子を苛《いじ》め殺す計画なのである。高利貸しの家にいても食事は与えられないだろうし、かといって町へ逃げ出してもひ弱な皇子が生きていけるはずがない。度重《たびかさ》なる浪費の負担を庶民に押しつけ、深刻な飢えと貧困を招いたラ・イール皇家の人々を恨む声はいまだ巷《ちまた》に満ちている。たとえ子どもであろうと、かつての第一皇子がそんななかへ放り込まれたら死ぬまで排斥《はいせき》されるのは当たり前だ。

中年男性は顎《あご》の下をぽりぽり掻《か》いた。気に入らなそうに空を見上げて、

「そりゃひでえ」

「……あぁ。ひどい。ひどすぎる」

「よし、決まりだ。皇子はおれが引き受ける」

「……え？」

「おれはベラスカスの飛空機械整備工だ。上の連中にとっちゃ引き受け先が金貸しだろうが機械屋だろうが大して違いはねえだろ。要は町中《まちなか》へ放り込んどけばいいわけだ。厄介《やっかい》者の王子様はどさくさ紛《まぎ》れにおかしな物好きが引き取ったって意地悪爺さんには言っといてくれ。あんた

の仕事なら、そのくらいできるだろ」

看守長は目をぱちくりとしばたいた。

「……あんた、いったいなんだ。なにが目的だ」

中年男性は看守長の肩をぽんと叩《たた》き、同時に発せられたふたつの質問に答えた。

「ミハエル・アルバス。この子を飛ばせてやりたくなった」

怪訝《けげん》な顔をする看守長に背をむけて、ミハエルはおもむろにカールを片手で抱き上げた。

「……ふえっ？」

カールの泣きっ面《つら》が間近からミハエルへむけられる。

刈り込んだ短い髪、日焼けした薄い顔の皮膚《ひふ》、傲然《ごうぜん》と跳ね上がった眉《まゆ》、意志の強そうなふたつの瞳《ひとみ》。よく見ると、右目は黒、左目は白みがかった灰色をしていた。抱きかかえられただけで、この中年男の全身の筋肉が非常に発達していることがわかる。厚い木綿の作業衣から機械油の匂《にお》いが伝わった。

ミハエルはいたずら坊主みたいににっかりと笑い、カールの耳元に口を近づけて小声でささやいた。

「空、飛ぶぞ」

二章　カルエル・アルバス

太陽が傾《かし》ぎ、空を翔《か》ける光が真鍮《しんちゅう》色から薄桃色へ変わりはじめた頃、荒野のむこうに黒々としたかすみが現れ、地平線から徐々に町の輪郭《りんかく》がせり上がってきた。

道はでこぼこで、おんぼろのオート三輪は上下左右にひどく揺れながら、旧式石油燃料使用車に特有の青灰《せいかい》色の排気ガスを吐き出しつつ町へ近づいていく。

カール・ラ・イールは毛布にくるまって助手席に腰を下ろし、生気のない瞳《ひとみ》をじっと前方へむけていた。

思考する力が失われていた。目に映るものに興味も持てない。傍《かたわ》らでハンドルを握るミハエル・アルバスと名乗る男性がなにもので、これから自分がどこへ行こうとしているのか、なにもかもどうでもいい。

地平線まで見渡せる荒涼とした大地の夕景に、ずっと今朝方に見た光景が覆い被《かぶ》さっている。映像の密度は、いま目の前にあるものよりも数時間前のもののほうが高い。

家畜運搬用の荷車に乗せられた母の背中――。

それがカールの網膜《もうまく》に焼きつけられている。剝《は》がれ落ちようとしない。あのかぼそい背中だけが風景から切り抜かれて、錐《きり》となり、脳髄《のうずい》に深々と突き立てられている。いまの自分の境遇に、この先の自分の運命に、なんの興味も抱《いだ》くことができない。

「ベラスカス。おれの町だ」

ミハエルがそう告げた。カールはなんの反応も見せない。口の辺りまでを毛布で覆い、うつろな目を近づいてくる街並みへ送るのみ。わんぱく盛りの九歳児だというのに、枯れたイバラのように微動だにしない。

ミハエルは妙な鼻歌を歌いながらハンドルを握っている。カールが返事しようがしまいがお構いなしにひとりで喋《しゃべ》る。

「飛空機械を作る工場の町でな。バレステロスの戦空機も飛空艇もたいがいはベラスカスで作ってる。住人はほとんど工場勤めの機械職人どもだ。口汚ねえし貧乏だし風呂にもろくにはいらねえが、信用はできる。お偉方相手だろうが仲間内の結束は崩さねえ。王子様の隠れ家には申し分ねえだろ」

相変わらずカールはなにも言わない。町が近づいてくる。波形の屋根を持つ工場の連なりが見えてくる。黒い煙突が幾つも突き出て、煤煙《ばいえん》が薄い筋状に茜《あかね》色の空へ伸びていく。飛空機らしい機影が幾つか、空を斜めに横切っていた。

「町外れに飛行場があってな。新型機のテスト飛行やら修理済みの機体の点検飛行やらで年中機械が飛び回ってる。新米飛空士の訓練所もあっから、うまくやりゃあ潜り込める」

ミハエルはカールを見下ろして屈託《くったく》なく笑った。

「飛びたいんだろ？　遠慮はいらねえ。空の果てまで飛ぶんだ」

母親の背中だけが焼きついていたカールの網膜に、うっすらと、ベラスカスの空を飛ぶ飛空機たちが映じた。しかしそれはわずか一瞬で散じて消えた。またすぐに豚を運ぶ荷車に乗った母親が舞い戻ってきて、機影を覆い隠し、カールの小さな胸を手ひどく切り刻んだ。

荒野と町の境目はあいまいだった。町の成り立ちが新しいからだろう、城壁のようなものは見受けられなかった。

石造りの建物がぽつりぽつり散在していて、だんだんと道を行き交う自動車や馬車の数が増え、赤土を踏み固めた道の起伏《きふく》が少なくなり、やがて工場群が現れた。

建物の前面が大きく開け放たれた格納庫の暗がりのなか、単座戦空機の機首が裸電球の光を弾《はじ》いていた。翼下で作業中の整備員が溶接棒の先に眩《まばゆ》い火花を咲かせていた。空き地には継接《はは》ぎだらけの錆《さ》び付いた爆撃機が転がっていて、胴体にひらいた大きな破孔《はこう》から汚れた野良犬が顔を出していた。

工場は古びていたがなにかしら活気があった。目に入るのはフロートを持たない単座戦空機が多いが、なかには四つのローターを持つ小型飛空艇や六つ以上の揚力《ようりょく》装置を持つ中型飛空艇、水上からも陸上からも離発着のできる複座式水上戦空機なども見受けられ、町全体で飛空機械を作っている雰囲気は色濃く伝わってきた。

やがて舗装が石敷きになり、オート三輪は商店街へ入っていった。道行く人たちは贅沢《ぜいたく》な身なりではなく、灰色や黄土色の木綿着がほとんどで、子供たちは継ぎの当たった衣服をはおり、水を汲《く》んだバケツを提げていたり、背中に石炭の山を背負っていたり、頭のうえに大きな藁《わら》の束を載せてよろけながら歩いていたり。道幅は狭くて油断していたら接触事故を起こしそうだが、ミハエルは慣れた手つきで三輪を操《あやつ》って人のあいまを縫《ぬ》い進んでいく。

空は夜の色が勝《まさ》りはじめた。点灯夫が瓦斯《ガス》灯の基部に点火筒を差し入れると、火屋《ほや》の奥に黄色が咲いた。柔らかな光の列の狭間《はざま》をしばらく行くと、道が登りになって、丘の斜面いっぱいにごつごつと民家の煉瓦《れんが》屋根が立ち並ぶ住宅地に入った。道行く職人たちが油で黒ずんだ顔をあげてミハエルに野太い声をかけてくる。

「ようミハエル。アレクサンドラはどうだった?」

「誰だその子。見かけねえ顔だな」

ミハエルは片手を振りながら、

「明日話す。ちょいと訳《わけ》ありでな。うちで預かることになった」

「へえ、豪気《ごうぎ》なこった。まあお前んとこ、女所帯だからな。息子ができて良かったな」

「息子じゃねえ、助手だ、助手」

カールに興味を示す住民たちをうしろに残し、ミハエルはエンジンをふかした。日なたの老《ろう》婆《ばば》のように動かないカールへむかい、言葉を投げる。

「お前さんの身分に住民が気づくと、いろいろ面倒なことになる。皇家の評判はいまでも充分悪いもんでな。お前さんの安全のためにも、名前を変えてもらう。いいな？」

カールは返事しない。ミハエルは左手のひらを振り上げて、カールの後頭部をぱーんと叩《たた》いた。

「聞け。大事な話だ」

「…………」

生気のないカールの瞳《ひとみ》が、面倒くさそうに隣のミハエルを見上げる。ミハエルの光を映さない左目は、まっすぐに前へむけられていた。

「野垂れ死にしたくねえだろ？　だったらおれの話を聞いて、考えて、返事しろ」

「…………」

「第一皇子という身分のことは忘れてもらう。革命のおかげで、もうお前は皇子じゃねえ。ただのガキだ。自分ひとりじゃ生きていけねえ、無能で無力で無駄飯食らいのガキだ」

カールは黙ってミハエルの横顔を睨《にら》みつけた。さきほどより少しだけ、瞳に強い光が差している。

「お前がおれの言うことを聞くなら、飯食わせて、寝床に寝かして、空飛ばしてやる。飛空士になりてえんだろ？　だったらなれ。おれを利用しろ。好きなだけ空飛んで、母ちゃんを喜ばせろ」

「………」

「でもな。そのためには、名前がカール・ラ・イールじゃまずい。一発で正体がバレて、お前は高利貸しのとこに連れて行かれる。そしたらまず空は飛べねえだろうし、家のなかで意地悪爺《じい》さんに苛《いじ》められて追い出されて路頭に迷って野垂れ死ぬ。そうならないために名前を変えろ。わかったか」

「………いやだ」

「おう、やっと返事しやがった。そうか、いやか。なら降りろ。どこでも行っちまえ。いまは一月だ、路上で寝れば一晩で凍死できるぜ」

「………」

「呼ぶときに使うだけだ。お前の中身まで変わるわけじゃねえ。母ちゃんにもらった本当の名前は胸のなかにしまっとけ。時期が来たら、またカール・ラ・イールに戻りゃいい」

「………」

「わかったか」

カールは黙ったまま、不機嫌そうにこくんとひとつ頷《うなず》いた。ミハエルの居丈高《いたけだか》な言葉がそれに返る。

「返事しろ」

「……なんでもいいよ。好きにすれば」

「ふん。生意気なやつだな。だが鼻っ柱が強いのはいいことだ。んじゃ、名前どうすっかな。アルバス家は代々『なんとかエル』にする習わしだ。おれの三人娘はうえからノエル、マヌエル、アリエルでな。お前もなんとかエルにするぞ、いいな」

カールは面倒くさそうに頷くのみ。こころは今朝方の出来事に縛られていて、いま現在のことに全く興味を抱《いだ》けない。

「どうすっかな。元の名前の原形留《とど》めたほうがお前的にいいか。んじゃあ……カールエル。いまいちだな。そうだな……カルエル。おぉ、いいじゃねえか、カルエル・アルバス。エルとっちまえばカルだから呼びやすいぞ」

「…………」

「よしお前、いまからカルエルな」

ミハエルはふんぞり返ってひとりでそう決める。

「……ごかってに……」

溜息《ためいき》もつかず、カールはぞんざいな返事を投げておいた。名前がどうなろうと自分には無関係な出来事としか思えなかった。瓦斯《ガス》灯が照らし出す住宅地の夜景には、まだ母親のかぼそい背中が貼り付いていた。

「もうすぐおれの家だ。わかってると思うが、皇子だったことは誰にも明かすな。おれとお前だけの秘密だ。それがバレると、本気でシャレにならねえぞ。自分の身を守りたいなら、絶対に黙ってろ」

念を何度も押してから、ミハエルは狭苦しい路脇に入り、古びたスレート屋根の下にオート三輪を停《と》めた。寝ていた野良犬が迷惑そうに場所をあけて、あくびをしながら黄色い目でカールを睨《にら》む。

ミハエルは運転台を降りると夜露を含んだ石畳に踵《かかと》をおろし、うーんとひとつ伸びをして、カールへ大きな瞳《ひとみ》をむけた。

「あーあ、遅くなっちまった。さて、行くぞカルエル。ここが今日からお前の家だ」

カール・ラ・イールことカルエル・アルバスは指し示された方向へ目を送った。

窮屈《きゆうくつ》そうに立ち並んだ粗末な民家のひとつ。ここに来るまでに何度も見た、どこも全く同じ造りの二階建て。そこかしこが窪《くぼ》んで煤《すす》けた石灰壁。飾り気のない窓がふたつ、建物の前面に頼りなさそうな木製扉がひとつ。扉の脇には角灯が吊《つる》されて、カルエルでも蹴《け》破れそうなその木製扉がこの家の玄関であることがわかった。上がり口の階段では汚い猫が寝息を立てている。

カルエルはミハエルと同じ方向を指さしてから、首を斜めに傾けた。

「……いえ？」

「おぉ。犬小屋にでも見えるか？　これが、今日から、お前の、家だ」

ミハエルは一言一言嚙《か》んで含めるように養子へ説明した。

——なんでもいいや。

カルエルは自暴自棄《じぼうじき》にそう胸中で吐き捨てて、ミハエルに促されるまま、粗末なアルバス家へ足を踏み入れた。それと同時に、重なり合った三つの声が投げかけられる。

「おかえりー」「おっかえりー」「おかえり……って、なにその子?」

またたくまに、駆け寄ってきた可愛らしい女の子の顔が三つ、カルエルの面前に並ぶ。

三姉妹に間近から覗《のぞ》き込まれてカルエルはやや気圧《けお》された。頬《ほお》を染めて目線を外す。一番年上らしい女の子が顔を輝かせた。

「わっ、目そらした。かわいいっ」

次女っぽい女の子が胸の前で手を叩《たた》いてにっこり笑う。

「照れてる、すごいかわいいっ」

三女っぽい女の子は訝《いぶか》しげに、

「え、そう?　かわいい?」

長女っぽい女の子が三女の肩を抱く。そして妹のほっぺたをつんつんしながらミハエルを見上げて、真っ青な瞳をきらきらと輝かせ、

「お父さん、なにこの子?　隠し子?」

ミハエルは古びた木の椅子《いす》にどっかり腰を下ろすと、テーブルの水差しを口に含んでごくごく喉《のど》を鳴らしてから、

「いろいろあってな。今日からうちで預かることになった。名前はカルエル・アルバス。お前らの義理の弟だ」

三姉妹は互いに顔を見合わせたあと、長女と次女は互いに手のひらを合わせて黄色い歓声とともにぴょんぴょんと飛び跳ね、三女は不思議そうにカルエルの顔を間近から覗《のぞ》き込んでいた。

「やったーっ！　弟だ、弟ができた——っ」

「お父さんありがとーっ。大好き——っ」

長女と次女は父親を左右から挟み込んでその頰《ほお》に唇を押しつけると、また慌ただしくカルエルのほうへ駆け戻ってきて満面の笑みを浮かべ、

「あたし、ノエル。十六歳。よろしくね、カルエル。お姉ちゃんって呼んでいいよ」

「わたし、マヌエルっ。十二歳っ。かわいい弟ができてうれしいわ！」

ふたりは晴れやかな笑みを浮かべると、カルエルの右手をノエルが、左手をマヌエルが握って、その場でスキップしながら回転をはじめた。

「わ、わ、わ……」

なすすべなくカルエルはその場でくるくる回る。春の妖精みたいに明るいふたりの姉妹はスキップしながら、醒《さ》めた表情で突っ立ったままの三女を促す。

「ほらアリー、あんたも自己紹介しなさいよ」

ノエルの笑顔からぷいっと顔を背《そむ》け、三女はなにかが気に入らない様子で、カルエルのほう

を見ようともせずあらぬ方向へむかい、

「……アリエル。九歳」

無愛想にそう呟《つぶや》く。ノエルとマヌエルは顔を見合わせるとスキップをやめ、ふたりして義弟の肩を両側から抱くと、三女へ怪訝《けげん》な顔をむける。

「どしたのアリー、なにが気に入らないの？」

「ほら、弟だよ、ほらほら弟。わ、この子の髪、すごい柔らかい。か～わ～い～」

「……その子、いくつ？」

「え？」

「……何歳？」

「あ、そっか、それ聞いてないね。カルエルって何歳？」

マヌエルが間近からカルエルの顔を覗《のぞ》き込む。

カルエルは依然として混乱したままだ。今日は朝からこれまで続けざまに未知の状況に晒《さら》されて、肉体も精神もくたびれはて、思考能力は失われ、とにかくどこか静かなところで休みたかった。余計な意地を張るとますます面倒な事態になりそうなことを察知して、素直に質問に答えた。

「……九歳」

下をむいて、小声でぽつりとそう返事する。両肩を抱いた姉妹が顔を見合わせる。

「アリーと同い年だ」

「カル、誕生日は?」

「……六月六日」

ノエルとマヌエルの見ひらかれた両目が、今度はアリエルにむけられた。アリエルはむくれた顔でそっぽをむいたまま。ふたりの姉は気を合わせてまたお互いに顔をむけあうと、途端に弾《はじ》かれたように笑い出した。

「あははっ、あははっ。アリー、ほら、お兄ちゃんだよ、お兄ちゃん」

「カル、あれ、あんたの妹だよ! わたしたちはお姉ちゃん、あの子は妹っ!」

カルエルはうつろな顔をあげて、妹だという少女に目を送った。

つんと上《うわ》むいたまつげ、赤茶けた髪、ぱっちりした大きな目に、冬の湖みたいな澄み切った碧《みどり》色の瞳《ひとみ》。動かない頭脳の隅っこ辺りが「かわいい子だな」と呟くのが聞こえた。身なりはアレクサンドラ宮殿に住んでいた貴族子女に比べれば数段劣るが、凛《りん》として意志の強そうな瞳と勝ち気な表情、そこから放ち出される言葉にこの子だけが持ちえるなにかがあって、それにこころが惹《ひ》きつけられるように感じた。

その魅力的な義妹、アリエルの両肩が怒り、威勢の良い言葉が迸《ほとばし》る。

「妹じゃないっ。あたしもお姉ちゃんなのっ」

ノエルが意地悪そうな笑い声をあげて、

「駄目駄目。あんた、六月七日生まれでしょ。カルに一日遅れ。残念でしたー」

マヌエルが便乗する。

「お姉ちゃんとお兄ちゃんのいうことをよく聞くんだよー。一番年下なんだから、年上のいうこと聞かなきゃ駄目だよー」

アリエルはくしゃっと表情を皺《しわ》めて、とてとて地団駄《じだんだ》を踏みながら、

「いやだもんっ。あたしもお姉ちゃんっ！　一日くらいどうでもいいのっ」

「どうでもよくないよー。ね、カル？　あの子、妹のほうがいいよね？」

「………………」

マヌエルに問いかけられ、なにもかもどうでもいいカルエルは無言のうちにひとつ頷《うなず》いて了承を示した。

「ほらっ、カルも妹でいいって！　諦《あきら》めなよ、アリー。仕方ない、これも運命だよ」

「いやっ！　ぜったいいやっ！」

「お父さーん。アリーがまたわがまま言ってるー。怒って、怒ってー」

呼びかけられ、ミハエルもまたカルエルと同じく、少女たちのせせこましい争いにすこぶる興味なさげに、

「うるせえなあ。どっちでもいいじゃねえか。それより飯食わせろ、飯」

「よくないっ！　お兄ちゃんか弟かでぜんぜんちがうのっ。ね、お父さん、あたし、お姉ちゃ

んでいいよね？　この子、あたしの弟だよね？」

「違う違う、カルはアリーのお兄ちゃんっ」

「お父さーん、ノエがいじめるー。きめてよ、ねえ、ここできめてえ」

うるさそうにミハエルはぼりぼりと後頭部をかきむしると、ろくに考えもせずに決定事項をアリエルに伝えた。

「あー、カルエルはそうだな、お前の兄貴だ。お前より一日長く生きてるからな。以上、決まり。んじゃ、飯持ってこい」

アリエルの泣きっ面《つら》が崩壊する。ふたりの姉が末の妹を左右から挟み撃ちにして盛大に囃《はや》し立てる。カルエルは部屋の隅に置き去りのまま、賑《にぎ》やかすぎる三姉妹のやりとりを傍観していた。

「うるせえよ～。頼むからお前ら、いいかげん飯にしてくれ～。おれぁ出張帰りだぞ、腹減ってんだ～」

ミハエルが天井へ呆《あき》れ顔をむけてそう嘆くと、三姉妹はようやく踵《かかと》を揃《そろ》えて奥の台所へと駆けていった。今度は遠くのほうから、夕食の調理に伴う賑々《にぎにぎ》しいやりとりが聞こえてくる。

カルエルは相変わらずぽつねんと突っ立ったままだ。ミハエルは小声で話しかけた。

「どっかそのへん適当に座ってろ。あいつらの飯は、お前の口には合わねえだろうが……まあ、慣れてくれ、としか言えねえな。そのうちお前の贅沢《ぜいたく》な舌も庶民感覚を身につけるだろうよ、多分」

「…………」

「うるせえだろ、あいつら。年中ああなんだよ。母ちゃんがいねえから、女の子らしさを教えられるやつが誰もいねえ。おれはもうしつけも諦《あきら》めて、放牧してる。ま、子どもなんて飯食わせとけば勝手に育つ。お前も勝手に育て」

「…………」

「母ちゃん、九年前に死んじまった。あの末の子、アリエルを産んですぐ。だから家事は全部あの三人がやってる。まあ、うるせえことはうるせえが、悪い子たちじゃねえ。お前も仲良くしてやってくれ」

「…………」

「……元気だせ、とは言わねえさ。辛《つら》いことがつづいただろうしな。あいつらも、うるせえことはうるせえが、人の気持ちがわからねえやつらじゃねえ。お前の身に不幸なことがあったってのは、なんとなくわかってるはずだ。だからまあ、なんだ、お前は別に無理しなくていい。落ち込んでいたいなら、落ち込んでていい。泣きたいなら、泣いてもいいんだ」

黙ったまま、カルエルはひとつ頷《うなず》いた。

「腹へったなあ。あいつら、またなんかわけわかんねえもん作ってんじゃねえだろうな。最近、変なんだよ。やんなくていいのに妙に飯に凝《こ》り出しやがって。飯なんか食えりゃいいってのに、おれの言うこと聞かねえんだ。女の子の扱いはわかんねえよなあ。母ちゃんいねえからなあ。どうすりゃおれの言うこと聞くんだろうなあ」

ミハエルの泣き言がつづく。オート三輪を運転していたときはたくましく男臭い印象だったが、家に帰ってくるとなんだか娘たちに気圧《けお》され気味で愚痴《ぐち》が多い。と、遠くから姉妹たちの賑《にぎ》やかな声が伝わってきた。

「できたあ」「わあっ、おいしそうっ」「え、そう？　おいしそう？」

最後に怪しげな一言を聞かせたのち、とてとて足音がして、深い丼に入れられた料理が五つ、テーブルに並べられた。やや赤みを帯びて澄んだ液体の底に細い麵《めん》が沈んでおり、液体の表面には油の層と刻んだネギ、白い生地に赤い渦巻きが描かれた見たことのない物体が浮かんでいる。ミハエルの眉間《みけん》に皺《しわ》が寄った。

「……なんだこりゃ？」

ノエルとマヌエルが誇らしげに両手を腰に当ててふんぞり返り、

「ラーメン！」

「……ラーメン？」

「サンロック通りに引っ越してきた斎《さい》ノ国のおばちゃんに教わったの。すっごいおいしいんだよ！　お箸《はし》で食べるの！」

マヌエルは木でできた細長い棒をふたつの指のあいだに挟み、ひらいたり閉じたり器用に動かして見せる。ミハエルの顔があからさまな拒絶を示す。

「だからよう……おれはパンとジャガイモで充分なんだって……わざわざわけわかんねえもん作んなくていいってばよう……」

「駄目っ！　いろんなもの食べないと栄養が偏《かたよ》るんだよっ⁉　おいしいんだから食べればわかるんだから文句言わないでちゃっちゃか食べるっ！　カルもっ！　はいみんな、目をつぶって、毎日の恵みに感謝して、祈って、目をあけて……いただきまーすっ！」

ノエルが号令をかけて、粗末な木のテーブルを囲んだ五人がおぼつかない手で箸《はし》を取り上げる。ミハエルは不器用そうに箸を指のあいだに挟んでみたが、すぐに諦《あきら》めてフォークとスプーンで未知の物体に立ち向かっていった。

三姉妹は揃《そろ》った動作で丼を両手で掲げ持つと、目を閉じ、縁《ふち》に唇を当て、ずずず……と音を立ててスープをすすった。そして器を静かにテーブル上に戻し、三人ほぼ同時にくわっと目を見ひらいて、

「おいしいっ」「おいしいっ」「おいしいっ」

見事な和音を為《な》した感想を解き放つ。

「ほんとかよ……」

ミハエルは大儀《たいぎ》そうにスプーンとフォークで麵《めん》をすくいとるとぞんざいに喉《のど》へ流し込む。目を閉じて仏頂面《ぶっちょうづら》で咀嚼《そしゃく》したのち、物憂げに目をひらき、面倒くさそうにスプーンとフォーク

をテーブルに戻して天井を見上げると、かぱあ、と大口をあけ、

「う────────め────────え────────っっ」

父の絶叫を受け、三姉妹の表情が勝ち誇る。ミハエルはあまりのうまさに表情を強張《こわば》らせながら、このラーメンと呼ばれる異国の食べ物と娘たちを交互に見やり、腕で口元をぬぐって、低く唸《うな》る。

「なんだこれ……。お前ら、とんでもないもん作ってくれたな……。人ひとり殺せるうまさだぞこれ……」

「ね、ね、ねっ？　おいしいでしょ？　あたしたちもおばちゃんからごちそうになって、感動して泣いちゃったの！」

「おいしくて泣くなんてはじめてだったもんねー。おかわりないから、大事に食べてね！」

「うおお、止まらん！　フォークが勝手に動くっ!!」

ミハエルはこめかみに野太い血管を幾つも呼び起こし、丼を片手で持ち上げてラーメンをかき込む。皿まで舐《な》めかねない勢いでまたたくまに中身を空《から》にすると、魂の抜けきった表情で天井を見上げ、

「うめえ……。なんだこの食い物は……。なんか知らねえが涙出てきた……。大の男がうまさで泣くってどういうことだ……」

呟《つぶや》きながら、大粒な涙を一筋、まなじりからはらりとこぼす。

父から最上級の賞賛を送られ、ノエルは満面の笑みを咲かせてカルエルを見やった。新しい弟は元気のない様子でじっとうつむき、ラーメンをただ眺めている。

「カル、食欲ないの？　おいしいよ？」

「………」

問いかけにも答えることなく、フォークを手に取ることもせず、カルエルは動かない。互いに顔を見合わせる三姉妹へ、ミハエルが声をかけた。

「いろいろあったからな。カルエルはしばらく食欲ないだろう。ほんとは食ったほうがいいんだが、無理して食わなくてもいい。腹が減ったら勝手に食うだろ」

「……カル、そうなの？　食欲ないの？」

マヌエルが間近からカルエルに尋ねると、小さな頷《うなず》きがひとつ、かろうじて返った。

「そういうわけだから仕方がない。カルエルの分のラーメンはおれが食ってやろう。丼をこっちへ寄越《よこ》せ。二口だ。二口で空《から》にしてやる」

ミハエルがそう言って突き出した片手を、ノエルとマヌエルが懸命に遮《さえぎ》った。

「お父さんが食べたいだけじゃないっ！　ねえ、カル、ほんとにいいの？　騙《だま》されたと思って食べてみたら？　元気が出るかもよ？」

「なにかイヤなことがあったの？　でも食べないとずっと元気出ないよ？　ひとくちだけでも食べたら？」

ふたりの義姉が両側からカルエルの顔を覗《のぞ》き込む。そうするとカルエルはますますうつむいてしまう。そんな覇気《はき》のない義兄へ、義妹アリエルが冷たい言葉を放った。

「ふん、なさけないの。なにがあったかしらないけど、へんじもしないなんてさいてー」

「…………」

「やっぱりあたし、あんたのおねえちゃんだよ。あたし、あんたよりずっとちゃんとしてるもん。げんきがなくてもたべるし、なにかいわれたらへんじするし」

「…………」

カルエルはわずかに顔を上げて、この生意気な義妹の横顔を見やった。挑みかかるような表情が目線の先にあった。

「なによ。なんかもんくある？　へんじもできないヘタレのくせに。あんたみたいなおにいちゃん、いらない。おとうとだったらいいけど、ヘタレのおにいちゃんはいや」

「こら、アリー。言いすぎ。カルは知らない家にいきなり連れてこられたんだから、緊張してるんだよ。わかってあげなさい」

ノエルが制止するが、アリエルはますます居丈高《いたけだか》になり、

「そうやって、だまってうつむいて、おねえちゃんにあまえるつもりなんでしょう。かっこわるーい。あんたそれでも男の子？　あかんぼうだってへんじくらいできるのに」

カルエルの瞳《ひとみ》に強い色が差した。ずっと動かなかった表情にわずかな怒りがにじむ。ずっと

閉じていた唇がひらいて、

「べつに、あまえてない」

「あまえてるじゃない」

「どこが」

「うつむいて、へんじもしないで、ごはんもたべないで。それがあまえてるっていうの」

「うつむいてない。へんじもしてる」

「じゃあ、たべなさいよ。あんたのためにつくったんだから」

カルエルは黙ってテーブル上のラーメンを見つめた。この一か月間、牢獄《ろうごく》のなかで豆のスープしか口に入れていないから、これがずいぶん真っ当な食事に見える。

「……いただきます」

ぼそりと呟《つぶや》いて、フォークの先で麵《めん》をすくいとって口に入れた。

目を閉じてもぐもぐし、喉《のど》へ流す。しばらく黙って静止してから、カルエルの両目がぱちりとひらいた。

「どう、カル、おいしい?」

ノエルの問いかけに、カルエルはこめかみから一筋、汗をツッと垂らして、真剣な表情で頷《うなず》いた。

偽りのない感想だった。

ミハエルは庶民の食事がカルエルの口に合わないのではないかと心配していたが、とんでもない。

このラーメンとかいう食べ物は――チコ・プエルト離宮専属シェフが作る料理より遙《はる》かに美味《うま》い！

いまはなにも受け付けないはずのカルエルの胃が激しく次を要求する。思考を介することなく片手のフォークが翻《ひるがえ》り、丼のただなかへ突き立てられ、荒々しく麺をまさぐり、すくいあげ、口中へ放り込む。

いきなり飢えたケダモノのごとくラーメンをかき込みはじめたカルエルの傍《かたわ》ら、ノエルとマヌエルは笑顔で拍手して新しい弟の食べっぷりを喜ぶ。ミハエルは元皇子がすんなりと……どころか、こちらがたじろぐほどな勢いをもって庶民の食事を受け入れたことに胸のうちで安《あん》堵《ど》し、アリエルは相変わらず醒《さ》めた遠い眼差《まなざ》しを新しい兄へ注いでいた。

「わあ、カル、すごいすごい。食べっぷりいいよー」「おなかすいてたんだねー。もっと作っとけばよかった。今度は大盛りにしようねー」

ふたりの義姉の賞賛を左右の耳で聞き遂げ、カルエルは両手で静かに丼をテーブルへ戻して、決まり悪そうにまたうつむいた。

「……ごちそうさま。……とっても……おいしかった」

小声でお礼を言うと、きゃああ、と義姉たちが歓声をあげて、両側からカルエルの頭を抱き

かかえ、義弟の髪の毛に頰《ほお》を擦《す》りつけながら、

「もう〜、かわいいな〜」「いい子いい子〜」

ぎゅうぎゅうと抱き寄せられ、カルエルは苦しげに身悶《みもだ》えするが、ふたりの少女は満面の笑みを浮かべて離れようとしない。かわいいかわいいを連呼しながら、子犬に対するかのようにカルエルを愛玩《あいがん》する。真っ赤に染まった義兄の両頰を遠い眼差《まなざ》しで眺めながら、アリエルは離れたところでひとり、ずずず……とスープをすすっていた。

「まあ、カルエルも疲れてっから、適当なとこで離してやれよ。あ、そうだ、寝床はお前らのとこと一緒な。あとで連れてってやってくれ」

「は——い！」「カル、一緒に寝ようねー」

あくびをしながらのミハエルの言葉に、ふたりの義姉が元気よく返事した。


三姉妹の寝室は一月の冷気の底にあった。部屋の隅の燭台《しょくだい》が唯一の照明だ。揺らめく橙色《だいだい》の灯《あか》りが狭い室内を照らし出す。家具は粗末なクローゼットがひとつだけ。

「いっつもここに三人で寝てるの。今日からカルも一緒だから四人だよ」「毛布、足りないけどみんなで集まって寝ればあったかいよ」

ノエルとマヌエルが笑顔でそう言う。

寒さに思わず身震いしながら、カルエルは冷たそうな床と、無造作にそのうえへ積まれた粗

末な毛布類を見やった。ベッドはなく、全員が床に雑魚寝《ざこね》するらしい。毛布はいかにも安物だが不衛生ではなさそうで、牢獄《ろうごく》にいたときに比べればずいぶん人間らしい待遇である。

ふたりの義姉が毛布の山を胸に抱きかかえると、それらを勢いよく床に投げ散らかした。それから寝間着の袖《そで》をまくりあげて笑顔を浮かべ、

「飛び込みー」「ざぶーん」

毛布の海へむかって、ためらいなく身体ごと飛び込んでいく。横になって手近な毛布にくるまると、けらけら笑いながらカルエルを招く。

「カルも早くっ」「突っ立ってると凍えちゃうよー」

毛布の隙間《すきま》から誘いの手が突き出され、誘惑するようにひらひら振られる。

しかしカルエルは動けない。こういう寝方をしたことがないから、どうすればいいのかよくわからない。もじもじしていると、うしろから醒《さ》めた声が届いた。

「さっさといきなさいよ。うしろがつかえてるでしょ」

振り返ったなら、黄色い寝間着を着込んだアリエルの冷たい眼差しが肩越しにあった。しばらく見つめ合っていると、義妹の片足が目の前ですぅっと持ち上がった。

「いきなさいってば」

言葉と同時に背中を蹴《け》り飛ばされ、カルエルはつんのめりながら毛布の海へ飛び込んでいった。ばさぁっ、と目の前に毛布がいくつか翻《ひるがえ》って、それから姉妹たちの笑い声がすぐ近くか

ら聞こえた。

「あかり、けすよ」

アリエルは部屋の隅に立てていた蠟燭《ろうそく》を、ふっ、とひと息で吹き消した。

途端に寝室は闇《やみ》に満ちる。

「まっくらー」「おばけが出るー」「きゃーたすけてー」

少女たちのいたずらな声だけが暗闇に流れる。どれが誰の声なのか、カルエルには区別がつかない。

「こちょこちょ」「こちょこちょ」

ささやきとともに、カルエルの脇腹を小さな指先がくすぐった。

「ひゃっ」

思わず悲鳴をあげて身体を縮ませる。義姉たちはますます喜び、こちょこちょと口で言いながらカルエルを弄《もてあそ》ぶ。これまでこうした扱いを受けたことのない元皇子にとって如何《いかん》とも対処しがたい事態だった。カルエルにできるのは、自分の腕も見えない闇のなか、少女たちの指先で悶絶《もんぜつ》することのみ。

「ばかみたい」

アリエルの冷たい声を遠くで聞きながらひとしきり七転八倒《しちてんばっとう》し、ようやく許されると、今度は身体の両側をノエルとマヌエルに挟まれた。

「くっついたほうがあったかいよー」「ねー」「ほら、アリーもおいで」「ばかみたい」

三姉妹の言葉だけが暗闇を流れる。

「ね、あったかい」「この手、誰？」「あたし」「じゃあ、この手は？」「……ぼく」

カルエルが答えると、ノエルは楽しそうにけらけら笑った。そしてとりとめのない話がはじまる。

「ラーメン、おいしかったね」「また作ろうねー」「あしたもラーメンでいいよ」「お父さんもカルもおいしそうだったし」「おばちゃんにもっと教わろうよ」「ラーメンって、いろんな種類があるんだって」「へえ」「豚の骨で作ったラーメンとか、あるって」「豚の骨？」「作るの難しいんだけど、すごくおいしいっておばちゃんが言ってた」「お肉屋さんにいけば、ただでもらえるよね、豚の骨」「作ってみる？」「作っちゃう？」「作っちゃおう！」「次は豚骨ラーメンねっ」「よし決まり。おばちゃんに作り方きかなきゃっ」

毛布のなか、三姉妹のやりとりがつづく。聞くとはなしに聞きつつ、カルエルはじっと眠りを待っていた。

いろいろなことが起こりすぎた一日だった。

いまだに事態の整理はついていない。今朝からずっと情報処理能力が現実に対応しきれなくて、思考も映像もぼんやりしたままだ。どうして自分がこんなところで三人の女の子に囲まれて眠ろうとしているのか、よく理解できていない。

ずっとカルエルのこころの中心を占めているのは、母親のことだった。

母はいったいどこへ連れて行かれたのだろう。

昨日の夜、同じベッドで眠ったとき、母は「遠いところへ行く」と言っていた。「あなたはひとりで生きなければならない」とも言った。そして今朝、豚を運ぶ荷台に乗せられ、群衆の罵声《ばせい》を浴びながら、いずこへか連れ去られていった。

『この女にはギロチンでもまだ甘い！』

群衆のひとりが叫んだ言葉が思い出された。

——ははうえは、ギロチンにかけられたんじゃないか。

カルエルは毛布のなかでぶるぶると首を左右に振って、忌《い》まわしい想像を頭蓋《ずがい》のうちから葬《ほうむ》った。あの母親がそんな残酷な目に遭《あ》うわけがない。あの美しい母をギロチンにかけるような酷《ひど》い真似が人間にできるわけがない。

「ははうえ」

三姉妹に聞かれないようにぽつりと呟《つぶや》いた。

少女たちは他愛《たわい》ない話に夢中でカルエルの独り言に気づかない。カルエルの小さな胸に母を想う気持ちが溢《あふ》れてくる。止められない。粗末な毛布を嚙《か》んで、誰にも聞かれないよう、もう一度ささやいた。

「ははうえ」

呟くたびに、涙が溢れてくる。鼻水が漏《も》れ出てくる。背中が痙攣《けいれん》するみたいだ。感情を抑えることができない。

「うっ、うっ……ひぐっ……」

姉妹たちに聞かれないよう、カルエルは懸命にこみあげてくるものに耐えるのだが、その努力も小刻みな嗚咽《おえつ》となって現れていた。

繰り返し、繰り返し、昨夜の母の様子が蘇《よみがえ》ってくる。身体に伝わってきた母のぬくみの記憶が鋭い剣になってカルエルのこころを斬《き》りつける。もう戻らない。二度と、永久に、ぼくはあのぬくみを得ることはできない。なんとなく、そんなふうに思えた。

「どしたのカル？」「え、泣いてる？」「わ、ないてる」

ややあって異変に気づき、姉妹がカルエルにぎゅっと身体を押しつけてきた。

「ホームシック？　寂しいの？」「かわいそう。大丈夫だよ、泣かなくて。わたしたちみんな優しいから。ね、アリー？」「あたし、いじめてないよ。なんにもしてないよ」「大丈夫、大丈夫だよ、カル」

ノエルが背中をさすってくれる。

カルエルはじっと嗚咽をこらえようとした。

――ははうえ。

口に出すわけにはいかなくなったから、こころのなかで何度もそう呟いた。

すると不意に、最後の夜、母が告げた言葉が意識の片隅をよぎった。

——ここにいるよ。ずっと、カールのここにいるから。

カルエルの胸の中心を指し示しながら、母親はたしかにそう言った。カルエルは胎児《たいじ》みたいに身体を折り曲げ、胸の中心の母を、母がくれた言葉を抱きしめた。

そうすると、なにかきれいなものが身体の中心から湧《わ》き出てくるように思えた。

雪解けの清流のような、透明に澄んで尽きないなにか。それが心臓の附近《ふきん》から流れ出て、痛みも哀《かな》しみも押し流し、肉体もこころも清らかに洗ってくれる。

——ははうえ。

孤独と心細さが、ゆっくりと消え去っていくことだけはうすぼんやりと理解していた。こころの中心で母親の心配をしながら、その片隅で密《ひそ》かに三姉妹に感謝をしていた。チコ・プエルト離宮の豪華なベッドでの独り寝よりも、この貧相な寝床での雑魚《ざこ》寝《ね》のほうが居心地が良いと思った。

そうやってカルエルは眠りに落ちた。彼の口から健《すこ》やかな寝息が流れ出たのを確認してから、三姉妹も目を閉じた。

四人はしっかりと寄り添って眠った。一月の冷気は毛布のなかへ忍び寄ることもできなかった。同じ繭《まゆ》にくるまる蚕《かいこ》みたいに互いの手足を好きにからめて子どもたちは眠った。

ベラスカスの朝は早い。

日の出とともに幾つもの格納庫のシャッターがひらき、機械油の匂《にお》いが立ちこめ、真新しい戦空機たちが暗がりから現れる。丘のうえの住宅地から次々に機械工たちが狭い坂道を降りてきて、列を為《な》してそれぞれの工場を目指す。曙光《しょこう》が街並みへ流れ込むなか、煙突から吐き出された濃い煤煙《ばいえん》がベラスカスの空を覆いはじめ、そのうちにあちらこちらの建物からプロペラやローター、揚力《ようりょく》装置の駆動音があがってくる。

寝ぼけ眼《まなこ》のカルエルは、とある飛行場に佇《たたず》んでいた。

飛行場といっても赤土を均《なら》しただけの滑走路と木造平屋建ての指揮所がひとつあるだけの小さなものだ。滑走路近くに整備場があり、真っ暗な格納庫のなか、修理中とおぼしい戦空機が幾つかわびしげに朝の外気に晒《さら》されていた。

と、ばりばりしたローター駆動音が間近から届いた。

思わずカルエルは両耳を両手で押さえる。見たことのない戦空機が一機、のっそりすがたを現して、地上を滑走してきた。水滴形風防が操縦席を密封している。フロートがついていない、複座の爆撃機だった。塗り立ての白銀の塗装に朝日が眩《まばゆ》く反射している。操縦席に座っているのはミハエルだ。ひらいた風防から片手を突き出して、手信号でカルエルを呼ぶ。どうしたらいいかわからず呆然《ぼうぜん》としていると、ミハエルの助手とおぼしい整備工が傍《かたわ》らへやってきてカルエルを抱きかかえ、主翼のうえへ片足をかけた。

「うしろに乗れ。テスト飛行にただ乗りさせてやる」

　操縦席ではミハエルが笑っている。整備工が縛帯《ばくたい》でカルエルの身体を後席に固定してくれる。座席は進行方向をむいていて、カルエルの目線の先に前席の背もたれがあった。

　ミハエルが首をうしろに回してにっかり笑い、

「言ったろ。空、飛ぶぞ」

「……え?」

「この町じゃ、無免の機械屋だって飛べんだよ」

　ミハエルは計器盤に目を走らせながらそう言った。エンジン計器類、飛行計器類、航法装置類、いずれも異常なし。スロットルをひらくと水素電池スタックが反応し、機体の両側に取り付けられたふたつのローターが回転数を上げる。

　機体全体を震動が包む。風防の外の風景が、ゆっくりと斜めに傾いた。ミハエルは操縦把柄《はへい》を思い切り引きつけた。

「浮くぞ」

　すっ……とカルエルのお腹《なか》から空気が抜けた。肉体を地に置き去りにして意識だけが上方へ持ち上がる感覚が一瞬だけ爆《は》ぜ、そのあと身体が宙へ持ち上がっていることを自覚する。

「うわ」

　短く呻《うめ》いた。気づいたなら機体はほぼ垂直方向へ五メートルほども浮揚《ふよう》していた。水素電池が生み出す鼓動《こどう》がびりびりとカルエルの小さな身体に伝わってくる。

飛空機に乗るのはこれがはじめてだ。

地上を離れる、とはこれほど新鮮な印象を身体にもたらすのか。母親との別離以来、これまでずっと霞《かす》みがかってぼんやりしていた視界が、急に鮮明な色と輪郭《りんかく》を取り戻していく。

機体が前傾姿勢をとり、前方へと進みはじめた。翔《かけ》るほどに高度が上がっていく。ローターは常に上部をむいて固定されていて、機体を前傾させて推進する古いタイプの戦空機だった。

「現在高度三百メートル」

ミハエルがそう教えてくれる。機体後方、赤土の飛行場が小さくなっていく。格納庫も指揮所もすでに豆粒ほどの大きさだ。丘の傾斜に貼り付いた住宅地の入り組んだ街路を一望のもとに見下ろせて、そこを行き交う人々のすがたが蟻《あり》の行列ほどに見てとれる。

「高度五百」

機体はベラスカスの上空を旋回しながら高度を上げていく。よく見たならほかにも、機首にプロペラをつけた単座戦空機や四つ以上のローターを持つ飛空艇が幾つか、町の直上を飛行していた。

「高度八百」

なんの抵抗もなく高度が上がっていく。町のなかからは見えなかった山並みが、風防の外に望遠できた。見たことのない湖が彼方《かなた》に青く横たわっていて、朝の日射しを一度だけ眩《まばゆ》くカルエルの網膜《もうまく》に弾《はじ》き返した。

「千二百」

朝日はまだ空の低いところにあった。

見下ろすベラスカスの街並みが地上に長い影を曳《ひ》いていた。建物や街路との高低差が見えづらくなっていて、建築物の影のでこぼこでなんとなく地上の起伏《きふく》が判別できた。道を行く人間のすがたはもはや視認することも困難で、走行している大型自動車両がなんとか見て取れる程度だ。

「高度千八百。どうだ、怖いか」

「ううん」

ミハエルの問いかけに、カルエルはじっと地上を見下ろしたまま、首を左右に振って答えた。

ミハエルの笑いが返る。

「高いとこ好きか？」

「うん」

「おれも好きだ。見晴らしがいい。みんなちっぽけに見える」

「うん」

カルエルは思わず微笑《ほほえ》みを浮かべて、首を思い切り伸ばし、縮まっていく地上の様子に見とれていた。

「高度二千。あっちがアレクサンドラだ」

ミハエルが西の彼方《かなた》を指さしてそう言った。カルエルは言われた方向に目を凝《こ》らしてみる。遮蔽物《しゃへい》というものがほとんどない赤土の荒野、その遙《はる》か彼方にうっすらと白い立方体の連なりがあった。のっぺりした大地からかろうじて頭を突き出した、ただの凹凸《おうとつ》。プラスティックの模型じみたちんまりした人工物の塊が、ついこのあいだまで自分が生活していたあの偉大な皇都だというのか。自転車で走るだけで道に迷ってしまうあの広大な宮廷が、ここから眺めたならあまりにも、

「小さい」

呟《つぶや》いた。水素電池スタック駆動音にかき消され、ミハエルにその声は届かない。

カルエルはアレクサンドラから目線を外し、顔を上げた。

ちっぽけな皇都のうえにいっぱいの青空が広がっていた。雲の群れがちぎって投げたパン屑《くず》みたいに空の高いところや低いところを泳いでいた。

「広い」

また呟いた。カルエルの小さな胸いっぱいにすがすがしさが充《み》ちてくる。ぼくはここにいることが好きだ、と思った。

「おじさん」

「ん？」

「もっと高く飛んで」

カルエルの要望にミハエルは大笑で応《こた》え、スロットルをひらいた。

機体は一月の空を駆け上がっていく。ベラスカスもアレクサンドラも視界の彼方《かなた》へ遠ざかっていく。そのまま消えてしまえ。カルエルはそう胸のうちで呟《つぶや》いた。

そして顔を真上へむけた。深い色をした天頂の青があった。なにか、わくわくしてくる。あの煮詰めたような青のただなかへ。あの青のむこうへ。自由に。空を飛んで。

「この機体じゃ、この高度が限界だ」

後席を振り返ってミハエルが告げる。

「ここまで?」

「もうちょい馬力のある機体なら、もっと上がれるけどな」

「馬力あるの、乗れる?」

「おれじゃ無理だ。お前が飛空士になりゃ、いつか乗れるさ」

「おじさん、飛空士じゃないの?」

「おれはただの機械屋だ。生まれつき左目が見えなくて飛空士にはなれなかった。でも飛びたくてな。だからこうやって飛空機械修理して、テスト飛行って言い訳しながら飛んでる」

「ふーん」

「息子がふたりいたが、赤ん坊のまんま育たずに死んじまってな。生きてりゃ飛空士にしたんだが」

　晩のおかずはなんだろう、みたいななにげない口調でミハエルはそう言うと、あっけらかんと笑って、

「だからお前を拾ったんだ。空飛びたい、って泣いてたろ？　あんとき、あ、こいつでいいや、って思った。おれや息子ふたりの代わりに、お前が飛空士になれ」

「………」

「空、飛べ」

「……おじさん、なんか、じぶんかってだね」

「わははは。悪いか」

「………」

「見ろ。海だ」

　ミハエルが太陽の出てきた方向、東を指さした。目を細めたなら彼方、荒野を横一線に断絶する白銀の光の原があった。

　機体が東へむけてゆっくり旋回する。すると光の原が群青《ぐんじょう》色をしていることがわかった。波のうねりが見えるはずもないが、空の色をより濃く映すその広がりは間違いなく海だ。水平線は完全に空と溶け合っていて、境界が判然としない。

「なにがあるんだろうな」

「え?」

「ガキの頃からずっと知りたかったんだ。海のむこうがどうなってるのか。ずっと海がつづいてるわけじゃねえだろうし。それに、あの大瀑布《だいばくふ》ってどうなってんだよ。端っこがあるのか？それとも、おれたちが住んでるこの陸地が、川の中州《なかす》みたいなもんで、実は海がどっかにむかって流れてて、南方海《シア・サウラム》と北方海《シア・ノラム》の両側にものすげえでかい岸があって、おれの知らないものすげえでかい大陸があって……とか考えはじめると、止まらなくなっちまうんだな、これが」

「………」

「だが、そのうちわかるんだろうな。このまま航行機械が発達していけば、いつか必ず、海の果てが見つかるだろうよ。最近、聖泉《せいせん》も見つかったしさ。ガキの頃は、それをおれが自分で見つけるのが夢だったんだが、まあ夢は夢だったな。でもまあ、機械屋でもこうやってテストのふりして飛空機に乗れるし、文句はねえけど。でもほんとは自分の目で見たいんだよな、空の果て」

「……そらのはて」

「あぁ。創世神話に予言された、世界の終点。ちくしょう、見てえなあ。どんなとこなんだろうなあ」

カルエルは革命の直前、創世神話を勉強していたことを思い出した。友達に自慢するために仕入れた知識も、いまとなっては虚《むな》しい。

「ぼくもそれ、ほんでよんだ。本当にあるのかな」

「なんだって終わりはある。そのはずだ。でなきゃ、おかしい。果てのない海、聖泉、大瀑布、全部を説明できる世界の構造があるはずなんだ」

ミハエルは少年じみた眼差《まなざ》しをじっと水平線に注いでいた。同じくカルエルも海のむこうを眺めてみる。

──空の果て。

素敵な響きの言葉だと思った。

「そらのはて」

口に出して呟《つぶや》いてみる。胸が少しだけときめく。ミハエルの言うとおり、本当にそんなものがあるのなら見てみたい。

「さて、そろそろ降りるか」

彼方《かなた》へ想いを馳《は》せていると、前席からそんなぶっきらぼうな言葉が届いた。

「え、おわり？」

「いつまでも遊んでられねえんだよ。貧乏暇《ひま》なしなもんでな」

「もうちょっと」

「気に入ったんか。おれの見込んだとおりだ、いけてるぞお前。だが残念、今日はこれで終わりだ。おれの帰りを待つ愛《いと》しい壊れた機械たちのためにも戻らなきゃなんねえ」

機首がぐるりと回り、ベラスカスの方角をむいた。カルエルは心底から残念だった。このまずっと空を飛んでいたい。ここにいると、ずっとまとわりついていた痛みや悲しみが剝《は》がれ落ちて、消え去ってくれるのに。

地上が近づいてくるにつれて、またあの痛みや悲しみがお腹《なか》の下あたりからせり上がってきた。風景に霞《かすみ》がかかりはじめて、ぼんやりしてくる。世界と自分とのあいだに磨《す》りガラスを嵌《は》め込んだみたいに、周囲が遠ざかっていく。

飛空機の引き込み脚が滑走路に降り立ったとき、カルエルの表情はまた鏡面みたいに凍えてしまっていた。

「そうだお前、学校も行かなきゃな。手続き面倒だが、まあ任せとけ。明日から通《かよ》えるようにしといてやる。薄汚れたクソガキまみれの最低な学校だが、飛空士になりたいなら行かなきゃならん。我慢しろ」

格納庫に戦空機を収め、ミハエルは伸びをしながらそう言った。カルエルは興味なさそうに頷《うなず》く。脳裡《のうり》には、風防越しに見た空の光景がまだ焼きついていた。現実を覆い隠すようにずっと貼り付いていた母親の背中の映像に、いま見た空の色が重なっている。

——また空を飛びたい。

そう思った。

ひとりで飛べるようになれたらどんなにいいだろう。

飛空士になって、空を飛んで、母上を取り戻して、ふたりで空の果てまで、ずっと――。

「おとうさーん。おべんとうー」

楽しい夢想は、呑気《のんき》なアリエルの声で破られた。片手に提げた弁当包みを父親に手渡し、アリエルはカルエルに顔をむける。

「飛んだの？」

「……うん」

「おとうさん、あしたはあたしね。あたしだって飛びたい」

アリエルの顔がむくれる。ミハエルは困ったように後頭部を掻《か》きながら、

「ここはガキの遊び場じゃねえ。職場だ、職場。今日のは特別サービス。諦《あきら》めろ」

「え～。ひど～い」

「うるせえ。誰のおかげでおまんま食えると思ってんだ。言うこと聞け。そうだお前いいとこに来たぞ、カルエル、うちに連れて帰ってやってくれ。ついでに町なかも案内してやるように」

「ひどいー」

「小遣いやるから。ふたりで綿菓子でも食え。んじゃ、頼んだぞ」

手のひらに載っけられたわずかなお駄賃を悔《くや》しそうに一瞥《いちべつ》し、アリエルは頬《ほお》を膨《ふく》らませてカルエルを睨《にら》んだ。

「なによバカ。飛んだからってえらそうにしないでよ」

「……べつに。してない」

「してるじゃない。なんかあんた、生きてるだけでえらそう」

「……なんだよそれ」

「ふん。じゃあ、いくわよ。はぐれないで。しっかりあたしについてくること」

「……えらそうなのはきみだろ……」

「え、なに？　きこえない」

「……なんでもない」

つん、と顎《あご》をうえにむけると、アリエルはすたすたと歩きはじめた。カルエルもおぼつかない様子で彼女の背中についていく。

「仲良くしろよー。あと、今日の晩飯もラーメン食わせろー」

ミハエルが片手を振りながらそんなことを言った。


ミハエルが働く工廠《こうしょう》から三十分ほど歩くとベラスカスの中心街に入った。

人の行き来はなかなか活発で、狭い街路が縦横に交差し、色とりどりの看板を掲げた商店が道沿いにずっと軒《のき》を連ねていた。アリエルは慣れた様子ですたすた歩む。うしろを振り返ることもしない。道を直進していたかと思うといきなり脇道に入り、路脇に積み上げられた木箱のあいだを縫《ぬ》って進んでいくと視界がひらけて、たくさんの屋台が賑々《にぎにぎ》しく商う広場へと出た。

装飾の凝《こ》らされた屋根やのれんの連なりが華やかな雰囲気を醸《かも》していて、人々は買ったものを屋外テーブルに並べ、お茶など飲みつつ透明な午前の日射しを浴びている。カルエルははじめて見る庶民の街並みに戸惑いながらも、新鮮な気持ちでアリエルの背についていく。と、義妹は振り返って、

「おやつ食べよう」

それだけ言うとカルエルの同意を待たずにすたすたと歩み、綿菓子の屋台の前で足を止《と》めた。

「ふたつー」「あいよ」

ミハエルにもらったお駄賃を屋台の人に渡して、細長い木の棒を二本、受け取った。

「はい」

カルエルは手渡された棒を見て首を傾《かし》げる。なにをするものなのかわからない。怪訝《けげん》そうな義兄の表情を受け、義妹も同じむきに首を傾げて、

「わたあめ、しらないの？」

「しらない」

「…………」

「な、なんだよ、そのかお」

「……あんた、どこの子？　どこから来たの？」

「ぼくは……」

アレクサンドラ宮殿。そう答えようとして、カルエルは踏みとどまった。昨日、オート三輪に乗っているときにミハエルと交わした約束を思い出していた。皇子であることがバレたら面倒なことになる。絶対に正体を悟られてはならない。

「……かんけいないだろ」

ぶっきらぼうにそう答えると、義妹はふん、と鼻を鳴らして、円筒形をした綿菓子製造器のなかへ木の棒を突っ込んだ。

「やっぱりあんたえらそう。わたあめもしらないくせに」

ぶつぶつ言いながら、なにもない円筒内で木の棒をかき回す。すると棒の周りに白い筋状のものがまとわりついてきて、みるみるうちに雲みたいにもこもこした純白のかたまりとなった。

「ふふーん」

アリエルは誇らしげにできあがった綿菓子を見やると、小さな口をいっぱいにひらいて表面へかぶりついた。

「あまーい」

にこにこする。不思議そうなカルエルの目の前へ綿菓子を突き出して、

「たべなさいよ。あまいから。ほら」

おっかなびっくり、カルエルはアリエルがしたようにかぶりついてみた。

口のなかで純白が溶けていく。そして、両目を大きく見ひらく。

「あまい」

義兄の素朴《そぼく》な反応を見て、アリエルはけらけら笑った。

「これがわたあめ。あんたもつくりなさいよ。このなかにぼうをつっこんでかきまわすの」

義妹の指導を受けて、カルエルは及び腰で棒を製造器のなかへ入れてみた。すぐに絹糸みたいな白い筋が付着してくる。不器用に棒を動かすと、白が膨《ふく》らんできた。簡単だ。思わず頰《ほお》が緩《ゆる》んだ。しかし横からアリエルが顔を突っ込んできて一言、

「へただねー」

緩んだ頰が引きつる。

「なんだよ。ちゃんとできてるよ」

「もっと、ぼうをくるくるうごかすんだよ。そうすると、わたあめが丸くなるの」

「……こう？」

「そうそう」

「かんたん、かんたん」

「うん。かんたんだよ」

ほどなくしてカルエルの指の先には、まんまるの綿菓子が誕生していた。満足げに自分が作ったものを高々と頭上に掲げると、アリエルを見下ろして、

「どうだ。ぼくのほうがきみより上手《じょうず》だよ」

「なんでもいいけど、どうしてかかげるの？　ばかみたい。はずかしいからやめてよ」

カルエルはおのれの頭上高くに掲げた綿菓子を眩《まぶ》しそうに見上げて、

「ぼくのつくったわたあめ。せかいでいちばんおいしいよ」

「……あんたさあ。もしかして、性格にもんだいのあるひと？」

アリエルが気持ち悪そうに義兄へ問いかけた。

一切無視し、カルエルは世界で一番おいしい綿菓子を口に含んだ。すぐに顔のうえに微笑《ほほえ》みが広がる。

「あまいよ。あまくておいしい」

アリエルもそれ以上の追及を諦《あきら》め、訝《いぶか》しげな表情のまま自分のを食べた。

ふたり並んで屋台を覗《のぞ》き見しつつ、綿菓子片手に広場をぶらぶらする。あちこちで人々の笑い声が弾《はじ》けて子どもたちが楽しそうに駆け回っている。

食べながらカルエルは頭上を見上げた。青空を飛空機が絶え間なく航過していく。鳥よりも飛空機のほうが多いんじゃないかと思える。

「あ、お芝居やってる」

アリエルが指さす方向に人垣ができていた。灰色の人の壁の隙間《すきま》から演目名と煽《あお》り文句を記したのぼりが高々と幾つも突き出ていた。カルエルはなんとなく、のぼりの文字を目で追ってみた。

『風の革命、その全《すべ》てを再現！』『聖少女ニナ・ヴィエントの奇蹟《きせき》！』『悪逆非道《あくぎゃくひどう》！　ラ・イール皇家の真実！』

刹那《せつな》、稲妻がカルエルの脳髄《のうずい》に突き立つ。

「ニナ・ヴィエント」

その名が幼い口から迸《ほとばし》った。意識の奥に深々と刻まれた憎悪がカルエルの網膜《もうまく》の底にひらめく。

あの革命の夜に見た、白銀の髪、野葡萄《のぶどう》の瞳《ひとみ》——憎い敵のすがたが、豚の荷台に乗せられた母親の背中と重なりあった。

「どしたの？　すごいかお」

傍《かたわ》らのアリエルが顔を覗き込んでいた。カルエルは強張《こわば》った声で、

「あれ、みよう」

「みたいの？　いいけど。おかねもいらないし」

ふたりは綿菓子を片手に人垣のあいだを縫《ぬ》って、見物人の最前列へ立った。この芝居は革命政権が広報目的に全国で上演しているもので、見物料など一切いらない代わり、王族側を貶《おとし》めて革命側を讃美する、偏《かたよ》った作劇が為《な》されている。

丸い人垣の中心で役者たちが芝居をしていて、聴衆たちが遠慮なく野次《やじ》と歓声を浴びせてい

た。

場面はアレクサンドラでの近衛《このえ》師団と革命軍の戦いが終わり、敗れた皇王と皇妃が本殿前広場に引き出され、ニナ・ヴィエントに対面したところだった。

「やめろ、やめてくれ。どうか命だけは」

惨《みじ》めなすがたの皇王グレゴリオ役が地にひざまずき、胸の前で手を合わせてそう哀願する。傍《かたわ》ら、皇妃マリア役もことさら無様《ぶざま》な表情を浮かべて、

「悪いのはこの人よ。わたくしはただ彼に従わされただけ。なにも悪くないわ、トレスティアに帰らせて」

遙《はる》か彼方《かなた》の故郷の名を口走るマリア役へ聴衆たちから罵声《ばせい》が投げつけられる。売女《ばいた》、淫乱《いんらん》、トレスティアの娼婦《しょうふ》……聞くに耐えない言葉の群れは、あの忌《い》まわしい夜にカルエルの耳朶《じだ》を打ったものと全く変わりなかった。

白い上衣に身を包んだニナ・ヴィエント役は、いかにも大衆演劇風の大仰《おおぎょう》な台詞《せりふ》を大上段から放ち出す。

「この期《ご》に及んで命乞《ご》いとは見苦しい、皇王グレゴリオ、皇妃マリア。あなたがたに踏みにじられた民の顔をよくご覧になることです。あなたがたに搾取《さくしゅ》されつづけ、労役《ろうえき》を課され、病気の子どもを救うこともできなかった苦しみと悲しみを民の顔から汲《く》み取ることです」

聴衆たちが賛意の歓声をあげる。いまこの場にはニナ・ヴィエントへの賞賛とラ・イール皇

家への憎悪だけがあった。

「わかった、許してくれ、欲しいものはなんでもくれてやる、だから命だけは」

「わたくしのドレスをあげるわ。髪飾りも宝石も靴も、なんなら離宮の男妾《だんしょう》たちも」

マリア役の台詞に人垣からどっと笑い声があがった。皇妃の堕落《だらく》した私生活を糾弾《きゅうだん》する野次が飛び交う。皇家に関する風評は明らかに意図的に事実を誇張し歪曲《わいきょく》したものだが、革命政権の情報操作は徹底されていて、民衆はみな微塵《みじん》も疑いなく捏造《ねつぞう》された情報を信じ切っていた。

「助けてくれ」

「どうかお許しを、寛大なニナ・ヴィエント」

皇王役と皇妃役は情けなく命乞いしながら、地によつんばいとなってニナ役の足下《あしもと》へ忍び寄ると、その爪先《つまさき》に口づけをしはじめた。

観衆たちは惨めな夫妻へ思うさま嘲笑《ちょうしょう》と悪罵を送り届ける。道の砂利を摑《つか》んで投げつける子どももいる。ニナ役は憐《あわ》れみの表情を浮かべて惨めな行為をやめさせようとするが、皇王と皇妃は命乞いをやめない。ニナ役の足にすがりつくようにして延命を申し出る。

退屈そうに芝居を眺めていたアリエルは、傍らの義兄へ醒《さ》めた目をむけて、

「このおしばい、なんかつまんないね」

「…………」

「ん？　どしたの、あんた」

「………」

「ねえ？　あんた、なんか……すごいかお」

カルエルの表情が、綿菓子を作っていたときとは一変していた。顔色が青ざめ、髪の毛が逆立って、まなじりが吊《つ》り上がり、真一文字《まいちもんじ》に引き結んだ唇がかすかに痙攣《けいれん》している。力いっぱい握りしめた両拳《りようこぶし》が、腰の横でぶるぶる震えていた。

と、カルエルの隣にいた大柄な少年が、道の小石を掴《つか》んでマリア役へ投げつけた。石はマリア役のお尻《しり》に当たり、聴衆たちの大笑いを誘った。大人たちに受けたことがうれしいらしく、満面の笑みを浮かべた少年はことさらに大声を張り上げて、

「いんばい！　ふしだら女！　トレスティアのばいた！」

罵声《ばせい》をあげるその大きくひらいた口のなかへ、カルエルの拳が食い込んだ。

「ばいばぇっ」

おかしな声をあげて、少年はうしろに吹っ飛び地面に倒れた。

「うおおおっ」

ケダモノのように咆吼《ほうこう》すると、カルエルは右足で思い切り少年の腹部を蹴《け》っ飛ばした。大人たちが突然はじまったケンカに気づき、新たな人垣を少年たちの周囲に作り上げてわいわい見物をはじめる。

「ちょ、ちょっとあんた、なにしてんのっ⁉」

アリエルの制止も、いまのカルエルには届かない。激情のまま、地に倒れた少年へ蹴りを見舞う。

「このやろうっ」

一方的にやられていた少年もようやく立ち上がった。体格はカルエルより一回りほど大きく、明らかに年長だ。口元の血をぬぐうと、袖《そで》をまくりあげて臨戦態勢に入る。人垣から歓声と指笛が飛ぶ。決着がつくまで、少年たちはこの人間の壁からは出られない。

「げっ、ダミアン！」

アリエルが悲鳴をあげた。カルエルがケンカを売ったのはよりによってこの辺り一帯を仕切る恐怖のガキ大将、ダミアン・クロスベールだった。年齢は十二歳でカルエルより三歳も年上。その下品な言葉遣いとだらしない服装、粗野な態度もあいまって、近所の少女のあいだではぶっちぎりで一番の嫌われものである。

「ふんっ」

気合いとともに放たれたダミアンの右ストレートが、カルエルの顔面にめりこむ。

「ぶえっ」

今度はカルエルが妙な声をあげて吹っ飛んだ。見物の大人たちがお芝居そっちのけで歓声をあげ、さらなるファイトをふたりの少年へ要求する。

「立て、この野郎っ」

ダミアンはその場に仁王立ちとなり、倒れ込んだカルエルを見下ろす。カルエルは腕で口元をぬぐうとダミアンを睨みつけ、立ち上がり、握りしめた拳を年長の少年の顔面へ向けて送り届ける。

だが。

「ぶえっ」

さっきと同じ声をあげて、顔の中心を殴られたカルエルがうしろに吹っ飛んだ。大人たちはダミアンの見事なクロスカウンターへ賞賛を送り、ダミアンは誇らしげに血に塗《まみ》れた拳を高々と掲げてみせる。

カルエルは起き上がれない。ダミアンは悠然と歩み寄ると、さっきのお返しとばかりにカルエルの腹部に自《みずか》らの爪先《つまさき》をめり込ませた。

「うぐっ。ふぐっ」

蹴《け》られるたびに、そんな呻《うめ》きがカルエルの口から洩《も》れる。既に勝敗は明らかだったが、ダミアンはとどめとばかりにカルエルの胴をまたいで腰を下ろし、うえから一方的に殴打を見舞った。みるみるうちにダミアンの拳の先でカルエルの顔が血に染まる。

「ちょっと、ダミアン！　もういいでしょ、やめなさいよっ」

アリエルが声を張り上げるが、ダミアンはやめない。自分に逆らったものへの見せしめとばかりに拳を振り下ろしつづける。ようやくその手が止まったのは、カルエルの両目が腫《は》れあがって塞《ふさ》がり、顔一面が血に塗れ、切れた上下の唇が膨《ふく》れあがり、歯が何本か折れて地面に転がっているのを確認した頃だった。

「まいったか、バカ野郎。お前、これからも苛《いじ》めてやるからな、覚悟しろよ」

ダミアンは満足げにそう言って立ち上がった。周囲の大人たちはおざなりな拍手でガキ大将の一方的な勝利を祝ったが、小さなカルエルの善戦を讃《たた》えるむきもわずかにあった。

「くそっ、きたねえ」

ダミアンはそう言いながら、カルエルの血と涙と鼻水の付着した自分の拳をズボンに擦《す》りつける。組み敷かれて殴られているあいだ、カルエルはずっと意味不明な呪詛《じゅそ》の言葉を吐き出していた。

「なんなんだ、こいつ」

カルエルを見下ろして呟《つぶや》く。そしてぎょっとする。顔中を血塗れにして地面に横たわったままのカルエルがズボンの裾《すそ》をつかみ、ダミアンを見上げていた。

「あや……まれ……」

「へ？」

「……はは……うえ……に……あや……まれっ……！」

カルエルの言う意味がわからない。面倒臭くなり、ダミアンは靴底でカルエルの顔を踏みにじった。切れた唇に砂利が擦《す》り込まれ、血の色が地に染みる。

「あ……や……まれ！」

しかしそれでもカルエルは呻《うめ》きのあいまにそんな言葉をダミアンへ投げつける。尋常でない執念《しゅうねん》を感じ、うすら恐ろしくなってきて、ダミアンは呟《つぶや》きを止《と》めようと、何度も何度も動かない標的の腹部に蹴《け》りを見舞った。

「はぁ、はぁ……どうだこの野郎。もう気持ち悪いこと言えないだろ」

吐瀉《としゃ》物に埋まったカルエルの顔面を見下ろして、ダミアンは荒い息を整えた。返り血を腕でぬぐうと、カルエルに背をむける。

しかし。

「……あ……や……ま……れ……っ……」

振り返ったなら、血と涙と鼻水と吐瀉物に塗《まみ》れたカルエルが、ダミアンの腰にしがみついて、同じ言葉を絞り出していた。

「な、なんだお前っ！　やめろ、離れろ、気持ち悪ぃっ!!」

「ははうえにあやまれっ！　あやまれっ!!」

もはやカルエルの顔は原形を留《とど》めていない。絵本に出てくる妖怪みたいなカルエルのありさまが恐ろしくて、ダミアンは振り払うように拳《こぶし》を振り下ろすのだが、先程までのような力が籠《こも》らない。

「……ていせいしろっ……悪かったって言え……!!」

瞼《まぶた》が塞《ふさ》がり、唇を腫《は》れあがらせ、折れた歯を吐き出しながら、血塗《まみ》れのカルエルはダミアンにしがみついたまま絶対に離れようとしない。

先に根性が尽きたのはダミアンだった。

「わかった、なんかしらねえけど、わかった、おれが悪かった！　だからもうやめろ、はなれろ、どっか行け！」

「……ていせいしろ……！　ことばをていせいするんだ……！」

「訂正する、訂正するから!!　おいアリー、こいつ、お前の知り合いか？　もうわかったから、謝るから、こいつなんとかしてくれっ」

ダミアンが首を伸ばしてそう哀願する。それを受け、一部始終《いちぶしじゅう》をじっと眺めていたアリエルは、唇を引き結んだままふたりに歩み寄ると、カルエルの背中にそっと片手を当てた。

「……ダミアン、あやまってるよ。だからもういいでしょ」

「……あやまれっ……はうえに……あやまれっ……」

カルエルのうわごとは終わらない。

「だから、あやまってるんだって。あんたの勝ち。あんたの勝ちだよ。ねっ、みんなもそう思うでしょ？」

アリエルは周囲の大人たちにそう尋ねた。見物人たちはカルエルのファイトに満足し、拍手と指笛でそれに応《こた》える。

アリエルはゆっくりとカルエルの腕を持ち上げて、ダミアンから引き剝《は》がした。ガキ大将は青ざめた顔で逃げていく。カルエルの身体が崩れ落ちそうになる。アリエルはしっかりと義兄を抱き留《と》め、血に塗れた彼を背負い、アルバス家へと爪先《つまさき》をむける。できあがっていた人垣は自然に散じて、大人たちはまた芝居見物へ戻っていった。

アリエルは押し黙ったまま、カルエルを背負って坂道を登っていった。酔っぱらいや浮浪者が道ばたに座り込んでうつむいており、目を上げたなら建築物に切り取られた狭い青空を銀色の戦空機がプロペラ音を轟《とどろ》かせ航過していく。石畳は少し濡《ぬ》れていて、滑らないように気をつけながら歩を前へ送る。

「ついた」

アリエルの足が止まったのは公共の水場だった。地下水を汲《く》み上げるポンプとバケツが用意してある簡素なものだ。先客は洗濯の老婆《ろうば》がひとりだけ。アリエルは老婆に挨拶《あいさつ》してからカルエルを背中から降ろし、建物の石灰壁に上体をもたせて座らせると、バケツいっぱいに水を汲み、自分のハンカチを浸《ひた》した。

「ひどいかお」

血と泥と涙と吐瀉《としゃ》物に塗れた義兄の顔にハンカチを当ててぬぐう。

カルエルはすっかり気絶していてアリエルのすることに気づいていない。口をあけて、後頭部を壁面に預け、黙って目を閉じている。何度も汚れたハンカチをバケツに浸《ひた》し、絞って、傷口の汚れを水で洗い、アリエルは丁寧《ていねい》に手当てする。

「むちゃだよ、あんた。ダミアンってつよいんだよ」

しばらくぬぐって、ようやく義兄の顔の皮膚《ひふ》が見えてきた。

「でも勝ったね。すごいね」

話しかける。すると、傷ついて腫《は》れ上がった瞼《まぶた》がうっすらとひらいた。醜《みにく》くめくれあがった上《うわ》唇から呻《うめ》きも洩《も》れる。

「う……う……」

「気がついた？　うごいちゃだめ。おとなしくしてて」

「あや……まれ……」

「もうおわったよ。ダミアン、にげた。あんたの勝ち」

腫れ上がった瞼の隙間《すきま》から、わずかにカルエルの瞳《ひとみ》の色が見える。ぱちくりと目をしばたいて、カルエルは義妹を視認した。

「え……？」

「けんかはおわったの。いま、てあてしてるから。うごかないで」

言いながら、アリエルは義兄の切れた唇に濡《ぬ》れたハンカチを押し当てた。呻き声が薄い生地のむこうからにじむ。痛みに耐えるカルエルへ、アリエルは静かに問いかけた。

「皇妃さまのこと?」

「え?」

「ははうえ、って、皇妃マリアさまのこと?」

「………」

「ダミアンが皇妃さまのわるぐち言ったからおこったんでしょ?　お母さんのわるぐちだから、あんなにおこったんでしょ?」

カルエルは押し黙った。なにも答えない。アリエルは追及する。

「きのうの夜、あんた、『ははうえ』って言いながら泣いてたよね?　あたし、一回だけきこえたもん。あんたがちいさなこえで『ははうえ』って言ったの」

「………」

「かくめいのせいで、お母さんと別れちゃったんでしょ?　それがかなしくて泣いてたんでしょ、ねえ?」

黙ったまま、しばらくのあいだ、カルエルはじっと義妹を睨《にら》んでいた。それから、不機嫌そうな口調で吐き捨てる。

「そうだ、って言ったら、しんじるのかよ」

「………」

「しんじないだろ。しんじなくていいよ。せつめいも、できないし」

その言葉を受けて、アリエルは手当てを止《や》め、じっとカルエルの顔を覗《のぞ》き込んだ。それからにっこり笑う。

「しんじないよ。あんたが王子様のわけないじゃない。こんなみすぼらしい王子様、いるわけないし」

「……うん。じゃあ、そういうことで」

「……うん。そんなわけないし」

「…………」

「……あたし、いっかいだけ、王子様見たことあるんだ。カール・ラ・イール。きょねんのパレードのとき、いっかいだけ見た」

「……パレード？」

「うん。アレクサンドラでやったやつ。夏に。お父さんがつれてってくれたの」

「…………」

「花びらがいっぱい飛んで、うまと飛空機がたくさんいて、王子様はそのなかを、馬車でとおってった」

アリエルは微笑《ほほえ》んで、パレードの光景を思い出すように空を見上げた。

カルエルは記憶を探ってみた。そういえば、去年の夏くらいに大規模なパレードに参加させられた記憶がある。なんのための式典だったのかは知らない。父母とともに十二頭立ての馬車に乗せられ、大勢の群衆に見守られながらアレクサンドラ大通りをゆっくりと通り抜けた。母に言われるまま窓の外の人々へ手を振ってみたが、彼らは暗い眼差《まなざ》しでこちらを見るだけで、歓声などはほとんど起こらなかった。あのどんよりした陰気な民衆のなかに、アリエルもいたらしい。

あの日——。

夏空を飛空艇が何隻《せき》も何隻も飛翔《ひしょう》していた。その爆弾槽に詰め込まれた花弁《かべん》が、気を合わせて一斉に下りてきた。白い馬に乗った儀仗《ぎじょう》兵の隊列、たくさんの戦車と装甲車、長銃を片手に掲げ持ち、ぴたりと揃《そろ》った歩調で凜然《りんぜん》と行進する近衛《このえ》師団の兵士たち。それらは全《すべ》て、ラ・イール皇家の持ち物だった。

パレードの光景で一番印象深かったのはずっと傍《かたわ》らにいてくれた母の横顔だ。真っ白で、透《す》きとおっていて、時々、優しく微笑みかけてくれた。母子で過ごす時間がほとんどなかったから、馬車のなかで一緒にいられることがとてもうれしかった。

けれど、もう戻らない。

飛空艇も、騎兵隊も、近衛師団も、優しいマリアも。

なにもかも失われてしまった。ニナ・ヴィエントがなにもかも奪いとっていった。

幼い胸のうちで、カルエルはそのことを理解していた。

「王子様、とってもかっこよかった。あたしに手をふってくれたよ」

アリエルはうっとりした表情でそう言う。

思い出にふけるカルエルは上《うわ》の空《そら》でその言葉を聞き流す。

「金色のかみで、目がみどり色だった」

空へ注いでいた眼差《まなざ》しを、アリエルは傍《かたわ》らの傷だらけの少年へ戻した。泥で汚れた金色の髪と、腫《は》れ上がった瞼《まぶた》の下からかすかに覗《のぞ》く碧《みどり》色の瞳。あの夏の日、道ばたから垣間《かいま》見た第一皇子の容貌《ようぼう》と全く同じだった。

「……あんた……おんなじだよ」

「なにと」

「王子様と。かおがおんなじ」

「………あたりまえだろ。ぼくがカール・ラ・イールなんだから」

カルエルは無愛想に返した。もう少し思い出に逃げ込んでいたかった。それに、本当のことを言ったってどうせ信じるわけがない。軽い気持ちで、投げやりにそう言ってみただけだった。

しかし、アリエルはずっと表情を強張《こわば》らせるだけでなにも問いかけてこない。見ひらいた両目をずっとカルエルに突き立てている。

居心地の悪さに気づき、カルエルは半分塞《ふさ》がった片目を無理にひらいて義妹を睨《にら》んだ。

「なんだよ」

「…………」

「なんか言えよ。変なかおするな」

「……そんなわけないよ。王子様が。うちのラーメンなんか、たべないよ」

「…………」

「ねえ？　まさかね。そんなわけないよ。王子様はいつもふかふかのベッドでねるんだよ？

うちのゆかでねるわけないよ」

「……あぁ。そうだね。まさか、そんなわけないね」

灯《あか》りのない牢獄《ろうごく》で、豆のスープだけを糧《かて》に一か月間を過ごしたあとだと、アルバス家は寝床も食事も高級ホテルに思えるのだが、そのことは言わなかった。

「……変なの。変なひと」

ぶつぶつ言いながらアリエルの手が伸びて、カルエルの頰《ほお》についた血と泥をぬぐった。そうやってさきほどと同じ作業をこなすのだが、だんだん、なぜかアリエルの呼吸が荒くなってきた。

「…………？」

カルエルの首が傾《かし》ぐ。アリエルの口から明らかな呼吸音が洩《も》れ出てくる。はあはあと尋常でない息遣いをしてから、とうとう介護の手を止《と》め、うつむき、片手で自分の胸を押さえたまま身を屈《かが》めて静止してしまった。

「な、なに？　どうしたの？」

「……わ……かんない……」

絞り出すようにそれだけ言って、アリエルは苦しそうに下をむいている。今度はカルエルが焦《あせ》る。

「だ、だいじょうぶ？　おいしゃさんをよぶ？」

「……へい……き……ちょっと……なんか……変なだけ」

「で、でも……」

「だいじょうぶ……ほら……もう……おちついてきた……」

うつむいたまま、アリエルはゆっくりと息を整えていった。彼女の言うとおり、おかしな呼吸音も平静を取り戻していく。カルエルの口から安堵《あんど》の溜息《ためいき》がひとつ洩《も》れた。

「かぜ？　こういうの、よくあるの？」

「ううん、はじめて……」

ようやく持ち上がったアリエルの顔は、びっくりするくらい両頬《ほほ》が真っ赤だった。頬を越えて両耳まで林檎《りんご》みたいに真紅に染まっている。

「うわあ、きみ、かおがまっかだよ」

「え？　ほんと？」

「うん。かがみがあるといいけど……」

「なんか、あつい……」

アリエルは両頰を両手のひらで押さえて、恥ずかしそうにそう呟《つぶや》いた。こころと身体を自分で制御できない。名前を知らない感情に翻弄《ほんろう》されている。

「ねえ、おいしゃさん、よぼうか？　きみ、びょうきかも」

「だいじょうぶだってば。あと、おいしゃさんはよぶんじゃないよ。びょうきのひとが、びょういんにいくの。おいしゃさんは、びょういんにいるの」

「え？　ちがうよ、よぶんだよ。よんだらきてくれるよ」

アリエルは黙ってカルエルを見つめた。自分と義兄とのあいだに横たわる決定的に異なるなにかを、アリエルは嗅《か》ぎ取っていた。

「……あたし、へいきだよ。それよりあんたこそ、だいじょうぶなの？　立てる？」

「んっ……いたたた」

立ち上がろうとしたカルエルの顔が歪《ゆが》む。壁に背中を預けたまま、ずりずりと上体が落ちていき、また座り込んでしまう。

「足が。足がいたい」

「ダミアン、なんどもけったから。おんぶしようか」

「ううん。かた、かして。歩く」

「うん……」

アリエルはしゃがんで、カルエルの右手を自分の肩に回した。頬《ほお》がくっつくほど近くに義兄の顔がある。心臓がどくどくと波打つのがわかった。

「立つよ。せーの……」

「えいっ」

よろめきながらカルエルは立ち上がった。傍《かたわ》ら、アリエルが歯をくいしばって足を前へ送る。彼女に引きずられるようにして、カルエルもおぼつかない足を動かした。

「だいじょうぶ？　ぼく、おもくない？」

「へいき。でも、やすみやすみ、かえろう」

「うん」

カルエルは上体をアリエルに預けきり、義妹の髪を片頬に当てて、なんとか歩いた。

汚い野良犬や野良猫が、道ばたからじっとふたりを見つめていた。ゴミを漁《あさ》るカラスはふたりが近づいても逃げようともしなかった。ぼろ雑巾《ぞうきん》みたいなカルエルを肩で支えて、時々休憩しながら、アリエルは愚痴《ぐち》ひとつ言わずに狭い街路を歩き抜け、無事にアルバス家へ辿《たど》りついた。

いいやつだな。

カルエルはこのアリエルという少女を、そんなふうに思った。

「おぉ、なんだどうした、一日でずいぶん男前になったじゃねえか、わははは」

夕暮れ時に家に戻ってきたミハエルは、傷だらけのカルエルを見て大笑いだった。

「どうして笑うの!?　信じられない、やーん、カル、かわいそう～」

「痛い？　痛いよね。お姉ちゃんがすぐ手当てしてあげる。きゃあ、ひどい傷！　ガーゼと包帯、早く、早く」

時を同じくして帰宅したノエルとマヌエルも大騒ぎでカルエルの手当てをはじめる。ふたりは日中、マヌエルが近所のパン屋、ノエルが街の服飾店で働いていて、帰ってくるのはいつもこのくらいの時間だった。カルエルは有無《うむ》を言わさず服を脱がされ、もう乾いている傷口に強引に薬を塗られ、大仰《おおぎょう》な包帯をぐるぐるに巻かれて、またたくまに重傷患者みたいなありさまにされてしまった。

「おおげさだよ、おねえちゃんたち」

アリエルは醒《さ》めた顔つきでなすがままの怪我《けが》人を眺める。カルエルはこのふたりの姉のノリには全くついていけないらしく、なにをされようと文句も言わず、ただ気恥ずかしそうに顔を真っ赤にしてされるがままだ。

「ちょっと、カル、あーんして、あーん。きゃあ、やっぱり口のなかが切れてる！　ラーメンはやめようね？　傷に沁《し》みるから」

「うん、今日の夕食はミルクとパンにしよう。それなら食べれるでしょう？　ミルク、あっためてあげる、待ってて」

　台所へ走り去るマヌエルの背中へ、ミハエルが不満な声を投げつける。

「なんだよ、ラーメン食わせろ。おれ、今日一日、ずっと楽しみにしてたんだぞ。箸《はし》の使い方まで練習しちまった。なあ、カルエルもラーメン食えるよな、男なら食える」

「う、うん……」

　ノエルはきりっと父親を真正面から睨《にら》みつけ、両手を腰に当てて胸を張ると、

「うるさいっ！　お父さん、無理矢理言わせてるじゃない。ダメ、今日はダメ。明日、カルの怪我《けが》が治ったらとびきりおいしいの作るから。今日はパンとミルクで我慢しなさい」

「でもよう……」

「返事っ」

「お、おう……。お前、だんだん母ちゃんに似てきたなあ……」

　ふん、と凜々《りり》しく鼻息を抜き、ノエルはカルエルの手当てに邁進《まいしん》した。夕食のパンをマヌエルが手ずからちぎって義弟の口にねじこみ、ノエルはミルクをスプーンにすくって義弟の口に流し込む。カルエルは目をぱちくりしながら、おとなしく運ばれるものを食べる。

　ミハエルが呆《あき》れ顔で、

「おいおいなんだそりゃ、至れり尽くせりじゃねえか」

「いいの。かわいそうだから」

「ねえ？ 痛かったもんね？ 今日は早く休んだほうがいいよ。打撲してるから、あんまり動かないようにね」

マヌエルが身を屈《かが》めて斜め下からカルエルの顔を覗《のぞ》き込む。カルエルは頰《ほお》を真っ赤にして、無言でひとつ頷《うなず》く。いい子いい子、とノエルが義弟の金髪をくしゃくしゃ撫《な》でる。カルエルの顔がますます赤くなる。

ふたりの姉の猫かわいがりぶりを、アリエルは夕食のあいだずっと醒《さ》めた顔つきで眺めていた。始終《しじゅう》されるがまま、なすがままのカルエルの態度が、なんとなく自分に対するものと異なっているのが気に入らなかったが、それは口に出すことなく、どことなくふてくされた表情でパンとミルクを胃へ収めた。

食事が終わり、マヌエルに付き添われて、カルエルは先に寝床へむかった。ノエルとアリエルは手早く片付けを済ませて食堂に戻る。

ミハエルが呑気《のんき》そうに、ひとりで新聞を読んでいた。

ノエルとアリエルは顔を見合わせて頷き、父親を両側から挟み込むようにして椅子《いす》に座った。眠そうなミハエルが新聞から顔を上げる。

「ん？ なんだどうした、小遣いならやらん、自分で稼《かせ》げ」

「お小遣いじゃなくて。カルのこと。まだなんにも詳しい話、聞いてないんだけど」

「なんだ？ 追い出せってか？」

ノエルは首を左右にぶんぶんと思い切り振ってから、

「そんなわけないでしょ！　弟ができたのはほんとにうれしい。かわいいし。でもあの子、どこからどういう事情でうちに来たの？　普通の家の子じゃないでしょう？　言葉遣いもいいし、食事の仕方とか、行儀とか、上流貴族っぽいよ？　本当の両親はどうしたの？　そういうこと、全然なにも聞いてない」

ノエルがきっぱり言い切り、アリエルが真剣な表情でうんうんと頷《うなず》く。

あぁ、そうだっけ。と短く呟《つぶや》いて、ミハエルは天井を見上げ、顎《あご》の下をぽりぽり掻《か》いた。小難しげな眼差《まなざ》しをくゆらせてから、ぽつりぽつり、話す。

「お前の言うとおり、あいつは結構な家の出だ。だがいろいろ面倒な事情があってな、まあ革命がらみなんだが、両親共々処刑されちまった」

「…………」

「あいつは母親が処刑されたことは知らない。まだ生きてると思ってる。このことは時機を見計らっておれからあいつに伝える。だからお前らはなにもあいつに尋ねないで、普通に接してやってくれ。このご時世、革命やら飢饉《ききん》やらで両親亡くした孤児なんて珍しくもねえが、本人にとっちゃ深刻だからな。できるだけ優しくしてやってくれよ」

「……うん。わかった」

ノエルは了承した。

俗に「風の革命」と呼ばれるあのクーデターからおよそ一か月が経過した現在、毎日何十人という人間がギロチン台に送られている。処刑された総人数はすでに六百人を超え、アレクサンドラ郊外の処刑場に近づくだけで濃い死臭を嗅《か》ぎ取れるという。犠牲者はかつて栄華《えいが》を極めた貴族諸侯が大半を占めるが、最近は革命政権内の権力争いも激化しており、革命の中枢《ちゅうすう》を担《にな》った人間が首と胴を切り離される事態も多々発生しているらしい。子どもを断頭台送りにすることはタブー視されているため、両親だけが殺されて子どもはよその家に引き取られることも往々にしてあると聞く。カルエルもそのひとりなのだろう、とノエルは思った。

「おれがあいつを見つけたとき、空飛びたい、って泣いてたんだよ。だからほっとけなくてな。無理矢理拾って、持って帰っちまった。引き取り先もひでえ家らしくて、ろくにメシも食わせそうになかったから、見捨てておけなかったわけよ。そりゃ、バカなことをしたかもしれんが、だが、ここでこいつを見捨てたら男がすたると思ってな。まあ、たしかに、おれみたいな貧乏人がすることじゃないだろうが、だが、見捨てられなかった。お前らには迷惑をかけると思う。だが、すまんが、どうかこのとおり、あいつを大事にしてやってくれ」

言い訳がましく、ミハエルはそう言って自分の娘に頭を下げる。ノエルは目を閉じて、ゆっくり首を左右に振ると微笑《ほほえ》んだ。

「お父さん大好き」「あたしも」

両側から娘たちに褒《ほ》められ、ミハエルは照れくさそうに、ケッ、と吐き捨てた。

ノエルは顎《あご》の下に人差し指を当てて天井を見上げ、

「ふーん。やっぱり貴族の子か。うちで大丈夫かな。食事もベッドも、いままでと比べものにならないでしょうに」

「そのうち慣れるだろうよ。おれも最初心配だったが、意外に適応してんじゃねえか？　メシもうまそうに食ってたし、昨日は熟睡してたし、今日はガキ大将とケンカして、謝らせたんだろ？　大したもんじゃねえか」

「うん。ラーメンすごいおいしそうだったし、パンもミルクも普通に食べてたね。毛布も薄いのに、文句言わなかった」

「あいつ、親と一緒に一か月くらい牢屋《ろうや》に入れられてたらしいんだよ。だから、牢屋に比べりゃうちのほうがマシってことじゃねえか？」

「一か月も牢屋に!?　やーん、かわいそう～。なぐさめてあげなきゃ～」

「……お前、なんか……あいつのことになるといきなり甘くなるな」

「だってかわいいんだもん。ね、アリー？　あんたもカルのこと好きでしょ？」

「……べつに……きらいじゃないけど……」

「ハンサムなお兄ちゃん、うれしい？」

「お兄ちゃんじゃない！　あたし、カルのお姉ちゃんだもん」

アリエルの頬《ほお》が膨《ふく》らむのを笑って受け流し、ノエルは義弟のこれからについて思いを馳《は》せた。

父の言うとおり、上流階級の御曹司《おんぞうし》にしては、カルエルはいまの環境に文句も言わず適応している。食事も寝床も大丈夫みたいだし、偉ぶってアルバス家の人々を見下すような態度を取ることもない。

しかし時間が経てば様々に綻《ほころ》びが出てくるだろう。民衆から財貨を搾取《さくしゅ》することで地位が成り立つ貴族階級の子どもと、生涯にわたって踏まれっぱなし、搾取されっぱなしの町人の子どもとのあいだには、深くて長い溝が横たわっている。普通に生きようとすればカルエルは必ずそれに足を取られるだろうし、彼に歩み寄ろうとした人間も溝を飛び越えきれずに傷つくかもしれない。相手を憎む気持ちを持っていなくても、誤解が降り積もれば傷つけ合うことはできるのだ。

カルエルはこれから、町で生きるすべを学んでいかなければならない。それを教えてあげられるのは、わたしたちだ。ノエルはそう思った。

「ねえアリー、あんた、カルと同い年だし、面倒見てあげなよ。カル、町のことよくわからなくて苦労するはずだから、いろいろ教えてあげて」

「えー……」

「いや？」

「……いやっていうか……別にいいけど、でも、それ、つまり、あたしはカルのお姉ちゃんってことでいい？」

「……あくまでそこにこだわるのね……」

「妹がお兄ちゃんにおしえるなんて変だもん。あたし、カルのお姉ちゃんだよ。それに決まり。それならおしえてあげる」

ノエルは眉《まゆ》をハの字にして、口元だけで苦そうに笑むと、片目をミハエルへむけた。父親は興味なさそうに耳の穴をほじくっている。そんな細かいことはどっちでもいいらしい。

はあ、と溜息《ためいき》をこぼしてから、ノエルはにっこりして、

「アリーがそう思うならそれでいいじゃない。カルのこと、弟だと思って教えてあげればいいよ」

「……なんか、ごまかしてる……」

「え？　そんなことないよ？　アリーの気持ちを尊重してあげる。だから、ね？　もちろんわたしもマヌもカルのこと守ってあげるし」

「……いいけど。でも、カルがあたしに逆らったら、ちゃんと怒ってね？　お父さんも。あたし、言うことときかない弟って、だいきらい」

「あんたも難しい子ねえ……」

どうでもよさそうに姉妹のやりとりを聞いていたミハエルは壁の時計を眺めてからあくびをひとつ洩《も》らし、ぶっきらぼうに言い切った。

「弟も妹も関係なく、悪いことしたほうを叱《しか》る。怒られたくないなら、いいことをしろ。わかっ

たか」

「……はーい」

「まあなんだ、あんま難しく考えるな。なにもかもたぶん大丈夫だ。大丈夫じゃなかったとしても、大丈夫だと思い込んでいたらそのうち大丈夫になる。たぶん。失敗したら笑って忘れろ。成功したら自慢しまくれ。以上、楽しい人生を送るための父の教えだ」

「はーい」「はーい」

うさんくさい教えを素直に受け入れるふたりの娘を満足げに見やり、ミハエルはつづける。

「そんじゃもう寝ろ。明日の夜はラーメンな。忘れんじゃねえぞ。忘れたら小遣い抜きだ、わかったか」

「お小遣い、くれないじゃん！」「くれないじゃん！」

「うるせえ、ちいせえことを気にするな、明日もおれは早いんだ、くだらねえことでぶーたれてねえでさっさと寝ろ」

姉妹は顔を見合わせると、おやすみなさいと言葉を残して寝室へ戻っていった。

ミハエルはひとり食堂に残って椅子《いす》に腰掛けたまま、耳をほじり、鼻をほじり、鼻毛を抜いて、漆黒《しっこく》に塗り込められた窓の外を漠然と眺めながら物思いに耽《ふけ》った。

――まあ、なんとかなるだろ。

あくまで安穏《あんのん》と、そう思う。カルエルはまだ九歳。このあいだ物心がついたばかり、これからいくらでも学べる年頃だ。アルバス家の三姉妹は近所の子どもたちから一目《いちもく》置かれているし、彼女たちに守られることでカルエルは新参者《しんざんもの》に対するイジメを免《まぬが》れる。それでも今日のように子ども同士のケンカくらいはあるだろうが、カルエルは意外に気が強く、やられっぱなしでいることもなさそうだ。ミハエルが最も恐れていたのは、カルエルが町の生活に溶け込むことができずに家のなかに閉じこもってしまうことだったのだが、今日の様子を見る限りその心配はなさそうだ。この町の男の子はケンカができないと苛《いじ》められる。ケンカができてはじめて男として認められ、堂々と通りを歩くことができ、友達も作れる。ベラスカスはそういう町だ。

——空、飛ぶぞ。

不意に、牢獄《ろうごく》の前でカルエルに出会ったときの自分の言葉を思い出した。

そうだ、そのためにあの子を拾ってきたのだ。

言葉を換えれば、果たせなかった自分の夢をカルエルに押しつけるために。育たずに死んでしまったふたりの息子の分までカルエルに空を飛んでほしい。いつまでも、どこまでも、高く、遠く、空の果てまで。

それにはまず、カルエルに中等教育を受けさせねばならない。そのレベルの座学ができないと飛空士訓練学校に入っても苦労するからだ。ノエルとマヌエルは初等学校を卒業後、自分の意志で働きはじめたが、カルエルにはその先まで教育を与えてやる必要がある。経済的に楽ではないが仕方ない。それが彼をあそこから拾ってきた責任というものだ。

――だから立派な飛空士になれ、カルエル。

――かっこよく空を飛んで、かわいそうなお前の母ちゃんを喜ばせてやれ。

馬が悔《く》い改めるような安酒を喉《のど》に流し込みながら、ミハエルはそんなことを思った。

冷たい夜気《やき》が足元へ忍び寄ってきていた。窓のむこうの暗黒を瓦斯灯《ガス》の黄色い光が穿《うが》っていた。遠くで犬が吼《ほ》えて、酔っぱらいの悲鳴がそれにつづいた。


その夜――三姉妹の寝室。

アリエルはまんじりともせず、暗がりのなかにその大きな瞳《ひとみ》をぱっちりとひらき、すぐ近くで眠るカルエルの背中をじっと見つづけていた。傷ついた彼はすでに熟睡しているらしく、穏やかな寝息を立てている。

ノエルとマヌエルも眠ってしまっていた。ひとりアリエルだけが雑魚寝《ざこね》の輪のなか、眠れずにカルエルの背中を見ていた。

毛布を引っ張り上げて口元を隠し、じっと上目遣いに小さな背中を観察する。そして今日の出来事を思い返してみる。広場での皇家を侮辱するお芝居を青ざめた表情で見ていたカルエル。皇妃を野次《やじ》ったダミアンを殴り、ぼこぼこにされながら訂正を迫った。パレードのとき一度だけ見たカール・ラ・イールとの外見の一致。そしてミハエル曰《いわ》く、彼は革命の際に両親ともに処刑された高い家柄の子どもなのだという。

今日アリエルの目の前に提示されたあらゆる要素が、ひとつの疑問へ収束していく。

——あんた、王子様なの?

カルエルの背中を見つめながら、声に出さずにそう呟《つぶや》いた。

と同時に、小さな胸が締め付けられる。水場でカルエルを看護したときと同じ、経験したことのない奇妙な感情が爆《は》ぜる。

アリエルはじっと耳を澄まして、みなが完全に眠っていることを確認した。

ほかの三人がみんな、深い深い眠りの底にいることを寝息で確かめる。それから、かぶっていた毛布をそっと下ろして、寝返りを打つふりを装い、くるりと身体ごと回転させて、カルエルの背中へ忍び寄る。

闇《やみ》のなか、鼻先にカルエルがいる。なぜか顔がにやけてくる。心臓がどきどきする。

(王子様)

誰にも聞こえないような小声で呟いてみた。カルエルの反応はない。片手のひらをそっとカルエルの背中に当ててみた。

彼の鼓動《こどう》が手のひらから伝わってくる。アリエルの心音と重なり合う。なにかとても素敵な時間が行く先に待ち受けていることを、そのリズムが教えてくれる。これからカルエルと過ごす生活のなかで、いままで知らなかったたくさんの感情に出会うであろうことを、無意識のうちにアリエルは悟っていた。

なぜか胸がわくわくするのを抑えきれない。将来の展望などなにもないにもかかわらず、ただ生き生きとした予感だけが膨《ふく》らんでいく。

予感に押されるようにして、カルエルの背中に手を当てたまま、アリエルは呟いた。

(よろしくね、王子様)

(なに?)

いきなりの返事が暗がりから返ってきて、アリエルは思わず悲鳴をあげかけた。目を凝らしたなら、カルエルが寝返りを打って、間近からアリエルを覗《のぞ》き込んでいた。

(いまなんか言ってた?)

眠たそうな小声だった。彼はまだ半分寝ぼけている。アリエルは慌てながら顔の前で手を振って、小声で返事する。

(なんでもない、なんでもない)

(なんか、王子ってきこえた)

(う……。そ、そう?)

(ぼくの気のせい?)

(う、うん。気のせい、気のせい)

(……ふーん)

カルエルは訝《いぶか》しそうにそう返事すると、ううん、とひとつ伸びをした。完全に起こしてしまったらしい。ノエルとマヌエルは熟睡している。静寂と暗闇《くらやみ》のなか、すぐそこにカルエルの顔がある。アリエルは決まり悪そうに視線を横へ泳がせながら、

(……なによ。ふーん、って。えらそう)

精いっぱい、強がってみた。鼓動《こどう》を聞かれたくなかった。胸のうちのどきどきが聞こえてもおかしくないくらい近くに彼がいる。双子の胎児《たいじ》みたいに、身体を丸め、お互いのおでこがくっつくくらいの至近距離に。

(……ねえ、アリエル)

呼びかけられた。はじめて名前を呼ばれた。アリエルの胸が大きく脈打つ。

(な、なによ)

動揺を悟られないよう、無理に気丈さを装うが、声音《こわね》は裏返ってしまっていた。

(ぼくが言ったこと……ほんとだったらどうする?)

カルエルは真面目《まじめ》な口調でそう問いかけてきた。ぼくが言ったこと、とは昼間のあの言葉のことだとすぐにわかった。

——そうだ、って言ったら、しんじるのかよ。

——あたりまえだろ。ぼくがカール・ラ・イールなんだから。

夜の静けさがふたりを包んでいた。アリエルはじっと黙っていた。カルエルもなにも言わなかった。ふたりの姉の寝息だけが闇《やみ》の底を流れていた。

気持ちが恐ろしいほど澄んでくるのが、アリエルにはわかった。この問いかけには、真面目《まじめ》に答えなくてはならないと思った。だから正直に答えた。

（どうもしないよ。べつに、へいき）

（…………）

（あんたが王子様でも、町の子でも、あたし、へいきだもん）

（……しんじるの？　ぼくがカール・ラ・イールだってこと）

（あんたが本当だっていうなら、しんじてあげてもいいよ）

（…………）

（本当なの？）

（…………）

（あんた、王子様なの？）

（…………うん）

（…………へえ）

（……へえ、ってなんだよ。もっとおどろけよ）

(……おどろいてほしいの?)

(…………ちょっとだけ)

(…………)

(……な、なんだよ。なんかいえよ)

(……あんた、やっぱり……変なひと……)

(う、うるさい。だって……でも……)

(……ふーん。やっぱりあんた、王子様なのかあ……)

(……そうだよ。ぼくはこの国の第一皇子だ。だからもっと、ていねいにあつかわないとダメだよ)

(でも、元皇子だもんね。いまはえらくないもん。あたしといっしょの身分だよ)

(……そんなの……そうだけど……)

(あたしの弟だし)

(弟じゃないっ。ぼくはお兄ちゃんだよっ。たんじょうびが一日早いんだからっ)

(しっ。大きい声出さない。お姉ちゃんたち起きちゃうでしょ)

「起きてるよ」

「丸聞こえ」

「うわあっ」

「きゃあああっ」

いきなり横合いからノエルとマヌエルの声が降ってきて、アリエルとカルエルは思わず悲鳴をあげた。

「なに、いまのやりとり？　カルが王子様？　どういうこと？」

「はじめから聞かせてよ。面白そう。大丈夫、みんなには秘密にするから」

姉たちは上体を起こすと毛布を身体に巻き付け、いかにも楽しそうに聞いてくる。アリエルは慌てて、

「なんでもない、なんでもない」

「なんでもあるでしょ。なによ、ふたりだけの秘密？　そんなの許さないから」

「教えてよ、カル。あなたのこと、ちゃんと知りたいの」

「で、でも……」

「えーーっ。アリーには教えて、わたしたちには教えてくれないの？」

「教えてくれないとこうだよ？」

いたずらっぽい声音《こわね》とともにふたりの姉の手がカルエルへ伸びてきて、昨夜と同じ、くすぐり攻撃を開始する。

「やめて、やめてっ」

思うさまに転がされ、カルエルは悶絶《もんぜつ》しながら情けない声をあげるが許してもらえない。

「話せ、隠していることを全部話すんだ。でないと……」

「こちょこちょこちょ」

「やめて、やめて、やめてーっ」

しかしふたりの姉の指先は既に完全にカルエルの肉体を掌握《しょうあく》していた。触《さわ》られたくない部位を徹底的にまさぐられ、責め立てられ、白目を剝《む》かんばかりのカルエルが白旗を掲げるのに、そう長い時間はかからなかった。それよりもむしろ、革命が起こって牢獄《ろうごく》にぶちこまれてからアルバス家に拾われる経緯をはじめから終わりまで正直に話すことのほうに長い時間がかかった。


打ち明け話が終わって、三姉妹はしばらく黙ってお互いに顔を見合わせたり、闇《やみ》へ目線をむけたり、カルエルの背中を優しくさすったりしていた。

「波瀾万丈《はらんばんじょう》だねえ……」

ノエルの呟《つぶや》きがひとつ零《こぼ》れた。

「辛《つら》かったね。偉いね。よく頑張ったね」

マヌエルはそう言いながらカルエルの頭を撫《な》でていた。彼が話す内容を疑う理由はなかった。まだ九歳の少年がこんな話を創造できるはずがない。それに、泣くまいと必死にこらえながら話す彼のすがたから本当の気持ちが伝わってきた。

カルエルの本当の身分がわかっても、姉たちが義弟に接する態度に変わりはなかった。ひとりの幼い男の子が苦難にめげずに生きるすがたを応援していた。社会的身分というものが互いの関係に意味をもたらすのは大人たちだけであって、いまここにいるわたしたちにはそんなもの関係ない。そういう無意識の信念が義姉ふたりからにじんでいた。

「わたしたちみんなの秘密だね」

「誰にも言わないよ」

「あたしもいわないよ」

三姉妹は寝転んだままカルエルの周りを囲んで、微笑《ほほえ》みの輪を作った。それからカルエルを励ますように、ノエルがあえて明るい声を出す。

「それにしてもカルが王子様かあ。でも、言われてみるとそうだよね。なんか顔立ちとか高貴な感じするよ。オーラが漂ってるっていうのかな、ちょっと近寄りがたいっていうか、そんな感じ。うんうん」

そう言いながら遠慮なく近づいて義弟の頭をくしゃくしゃ撫《な》でる。カルエルは困ったように身をすくめ、ノエルのなすがままだ。実はこうやって誰かに頭を撫でられることがうれしいのだが、恥ずかしいので口には出さなかった。宮廷で生活していた頃は、こんなふうにしてくれる人が誰もいなかった。

「学校に行くようになったら、絶対モテるよね。やっぱりなんかこのあたりの子と雰囲気違うもん。女の子がきゃあきゃあ言いそう」

マヌエルもカルエルの横顔を覗《のぞ》き込みながらそう断言する。カルエルはまた困惑するだけで言葉を返さない。その戸惑った様子がまた姉ふたりの母性本能を刺激するらしく、あたかもお人形遊びするかのように姉たちは王子様を褒《ほ》め称《たた》え、これからのよりよい成長に期待する声を発していた。

「ばかみたい。ほめすぎ。そんなにモテないよ」

ひとりアリエルだけが醒《さ》めたことを言う。ノエルが意地悪そうに妹へ顔をむけ、

「どうしたの、アリー？　素敵なお兄ちゃんを独り占めしたい？」

「おにいちゃんじゃないっ！　それに、カル、すてきじゃないもん。そのくらいどこでもいるよ、べつにとくべつじゃないし」

「あらあら」

「まあまあ」

「なによ、そのかお。ノエとマヌが甘やかすと、ろくなひとにならないよ」

ノエルとマヌエルは顔を見合わせてにんまり笑うと、ふたりでカルエルを左右から挟み込み、両側から彼の肩を抱いた。

「大丈夫。あたしたちが責任持って、カルを素敵なモテモテ少年に育てるから」

「素材はバッチリだもんね。あとは磨くだけ。待ってて、アリー。宇宙で一番素敵なお兄ちゃ

んにしてみせるからね」

アリエルは大人ぶった仕草で溜息《ためいき》をつくと、つんとおすましをして、

「モテるとかモテないとかじゃなくて、ちゃんとせいかつできるようにしないと。カルは町のこと、なんにもしらないんだから。いろいろおしえてあげなきゃ」

「さっきお父さんとも話したけど、それ、アリーの担当だからね。ちゃんとやってよ？」

「……やるけど。でもあたし、カルのおねえちゃんだよ？　それでいいよね？」

「はいはい」

「そうそう」

「なにそのへんじ。なんか流した。ひきょう」

アリエルの抗議を無視し、マヌエルはさっきから一言も話さないカルエルにむきなおって、

「というわけで、あらためてよろしくね、カルエル。これからずっと、仲良くしようね」

カルエルは照れくさそうに、うつむいたまま、

「う、うん……よろしく」

きゃあ、と黄色い声を発して、ノエルはカルエルの頭を両手で握りしめると、そのまま自分の胸にぎゅっと抱きしめた。

「わたしも、あらためてよろしくっ！」

「……むぅ～。むむぅ～」

姉の胸に顔を押しつけられて呼吸できないカルエルはじたばたと両手を振るが、満面の笑みのノエルは義弟の髪の毛に頬《ほお》を擦《す》りつけて離そうとしない。

「ばかみたい」

相変わらずアリエルだけはひとり冷静な態度を崩さず、姉たちの軽薄なノリを遠くから見守っていた。そして大人びた溜息をひとつついて、床に仰《あお》むけになり、毛布を肩まで引っ張り上げる。

煤《すす》けた天井を眺めながら、アリエルはこれからのことに思いを馳《は》せてみた。

今日をさかいに、これまでの生活は大きく変化した。バレステロス皇国の元皇子がうちにやってきて、一緒に暮らすことになってしまった。きっとこれから彼を中心に様々な出来事が起きて、みんな一緒に苦しんだり悲しんだり喜んだりすることだろう。簡単には解決できない問題も発生したりして、傷つく人が出てくるかも知れない。これからアルバス家の人々が歩もうとしている道は、平坦《へいたん》ではない。そのことは間違いない。

けれど。

それを引っくるめて、カルエルと過ごす未来が楽しみで仕方ない。

さっき、ひとり暗がりのなかでおぼえた不思議な予感が、より強いものになってまた舞い戻ってきていた。

先行きが安穏《あんのん》としたものでないことがわかっているのに、なぜか胸がわくわくしてくる。

根拠も理屈も展望もなにもないまま、ただ希望だけが能天気に膨《ふく》らんでゆく。

この先になにが待ち受けているのだろう。

どんな楽しさが、どんな悲しさが、喜びが、苦しみが、この胸のうちに舞い降りてくるのだろう。いまの自分では予想することもできない、名前もわからないいっぱいの感情が溢《あふ》れてきて、それに押し流されてしまったりしたりして。絵本の登場人物みたいな素敵な経験をたくさんして、素敵な人たちに出会って、仲良くなって、けんかをして、泣いたり笑ったり怒ったりしながら、より良い未来を求めて生きていく。そう考えるだけで、アリエルはたまらなく楽しくなってくる。早く明日が来て欲しいと、無意識のうちに強く願う。

——カルエルと一緒に。

言葉にはせず、こころのなかでそう呟《つぶや》いて、アリエルは目を閉じた。

楽しい予感は、まどろみがアリエルの意識を覆い尽くすまで果てもなくよぎっていった。

三　章　クレア・クルス

——母上。見ていてください。あなたを家畜として扱った、あの憎い敵へ復讐《ふくしゅう》します。

——あなたが受けた屈辱を、そのままあいつに与えますから。

——それでどうか、心安らかにお眠りください。


決意をもう一度胸に刻み込み、十五歳のカルエル・アルバスは複座式水上戦空機「エル・アルコン」の操縦把柄《はへい》を操作しつつ、首を伸ばして機体の直下、高度二千メートルを飛翔《ひしょう》するイスラを睨《にら》みつけた。エル・アルコンは前方に遮風板《しゃふうばん》があるだけで風防がないから、外の光景はそのまま目に飛び込んでくる。

外縁約七十キロメートル、面積約二百四十平方キロメートルに及ぶ巨大な島が傲然《ごうぜん》と空を飛んでいる。

島の外縁には一万人を超える移住者たちが押し寄せて、遙《はる》か眼下、遠ざかりつつあるバレステロス共和国へ惜別《せきべつ》を告げている。

しかしカルエルが目で追っているのは故郷でもイスラでもなかった。視界の焦点は島の地表上、ヴァン・ヴィール軍港の一角、居並ぶ貴族高官と高級将校たちの真ん中に陣取る少女へと合わさっていた。

風の革命から六年が経ったいまも変わらない、あの白い上衣、白銀の髪、頰《ほお》の装飾。忘れ得ぬ純白の外貌《がいぼう》。憎悪の限りを眼差《まなざ》しに込めて、宿敵へ叩《たた》き込む。

あの美しく優しい母を処刑台に送った簒奪《さんだつ》の少女。

お前は身分も家も両親も、ぼくからなにもかも奪った。

——ニナ・ヴィエント。お前だけは許さない。

ぱちーん。カルエルの内的独白は、そんな音とともに破られた。叩かれた後頭部を片手で押さえて後席を振り返り、今度は義妹を睨《にら》みつける。

十五歳のアリエル・アルバスはいつもと変わらぬ、きょとんと大きく見ひらいた瞳《ひとみ》をカルエルへむけて、

「あんたまたなんかひたってる？　操縦してるときにひたるのやめなさいよ。危ないって言ってるでしょ。やっぱりあたし、操縦代わろうか？　あんたよりあたしのほうがうまいのに後席なんて納得いかないし」

ぽいぽいと地面の石ころを拾って投げつけるがごとく、無造作な言葉を放ってくる。

血の繋《つな》がらない生意気な妹を一瞥《いちべつ》し、カルエルはわざとらしく溜息《ためいき》をつくと、顔を前方へ戻した。そのまま言葉だけを後席へ投げ返す。

「訓練学校の卒業試験結果、どっちがうえだったっけ?」

「何度も言ったけど、あれは教官に見る目がないの。だいたい、実技はそんなに差なかったし。座学で負けただけじゃん」

「結果は結果だろ。いつまでも子どもみたいな文句言わないこと」

「ふん、偉そうに。あんた絶対、イスラで友達できないよ。かわいそう」

「別に困らない。馴《な》れ合う気もないし。ぼくは飛空士になれればそれでいいんだ」

「うわー。えらそー。あんた、いい加減その王子面《おうじづら》やめなさいよ。とっくのむかしに台座から転げ落ちたくせに、気分だけいまでも王子様じゃん」

「あのねえ。ぼくのことバカだと思ってる? もう第一皇子じゃないことくらいわかってるよ。地位に未練もないし」

「あんたの性格の一番厄介《やっかい》なところは、理想の自分と現実の自分が絶望的にかけはなれてるくせに現実の自分を理想の自分だと思ってるとこなのよねえ……」

「きみがなにを言ってるのかさっぱりわからない。一応念押しするけど、くれぐれもぼくの過去のことはイスラでは黙っててね? バレるとかなり面倒なことになるんだから」

「安心して。どうせ誰も信じないから。だいたいあんたの偽物、多すぎ。あたしがほんとのこと誰かに言ったって、またどっかのお調子者が自分のことカール・ラ・イールだって言ってるよ〜。で終わり」

「ま、そうだろうね。どうでもいいけど。でもそれにしても下品な人間たちだ、ぼくの名を騙《かた》るなんて。人間性や洗練された立ち振る舞いにおいてぼくの足元にも及ばないくせに。少しは身の程というものを弁《わきま》えるべきだ」

「やっぱりあんた、生きてる限り永久に友達できないねえ」

「そんなの欲しくないって言ってるだろ」

「なんでもいいけど、ほら、そろそろみんな着陸するよ。飛行場ふたつあるから、間違えて騎士団用に降りないようにね」

「わ、気づかなかった」

アリエルの言うとおり、カドケス高等学校飛空科の生徒たちによるエル・アルコン編隊はゆっくりと降下旋回に入っていた。着陸目標はイスラ左方面、エスコリアル飛行場。飛空科に所属する見習い飛空士たちが使用する小規模な飛行場だ。

操縦把柄《はへい》を操《あやつ》り、風を読みながら、カルエルは編隊長機についていく。イスラの光景が近づいてきて、地表面の起伏《きふく》も鮮明に見えてくる。

海の孤島ならぬ、空の孤島イスラ。

組成の九割は「浮遊岩」と呼ばれる、常に重力に反発し浮遊する鉱物だ。そのままであれば風に流されて空をさまようだけの「空飛ぶ島」に、バレステロス共和国と斎《さい》ノ国、帝政ベナレス、三か国が共同して資金を投入し、十年の歳月をかけて耕地と居住施設、六つの砲台とふたつの飛行場、軍港と漁港、それに操縦を可能にするための方向舵《だ》と推進装置を敷設《ふせつ》した。その結果、イスラはいまや超弩級《ちょうどきゅう》飛空戦艦をも凌駕《りょうが》する空間制圧能力を積載したまま飛翔《ひしょう》している。

バレステロス、斎ノ国、ベナレス、三つの大国の保有するあまたの兵器を比較したとき、対地・対艦・対空能力において最優秀兵器として指折られるのがこのイスラだ。

イスラの外縁に敷設された六つの砲台の火力合計は飛空戦艦ルナ・バルコ六隻《せき》分に相当する。口径五十センチの対艦砲十八基に加え、二百基を超える対空砲も針鼠《はりねずみ》さながら要所要所に据えられて、空襲を受けた際には空がかき消えるほどの対空弾幕を現出させる。地表面上に設営されたふたつの飛行場には戦空機、爆撃機、雷撃機が総計二百機以上も随時《ずいじ》稼動状態にあり、有事《ゆうじ》の際には直掩隊《ちょくえんたい》がイスラ周辺空域を防衛し、制空隊は敵空挺部隊に対して果断なく銃撃、爆撃、雷撃する。さらにこの凄絶《せいぜつ》な制圧力は天然の岩盤に守られており「沈没」がありえない。洋上の島を沈めることが不可能であるのと同じく、イスラを「沈める」ためには島を形成している浮遊岩を粉微塵《こなみじん》に破壊するしかない。そのうえ地表面上の居住施設においては一万名以上もの人員が生活可能であり、彼らを安全に目的地まで護送する「輸送艦」としての役割さえもこなしてしまう。

つまりイスラとは六隻《せき》の超弩級《ちょうどきゅう》戦艦と二隻の大型空母、定員一万人の輸送艦の機能を兼ね備えた「空飛ぶ不沈要塞《ようさい》」——なのである。

またさらに。

地上要塞は決して持ち得ない「機動性」がイスラを無敵たらしめる。

通常、要塞と艦隊との戦いは必ず艦隊が有利であるとされる。その場から動けない要塞に対して、艦隊は洋上を移動できるからだ。要塞側砲台が常に艦隊の機動を先読みしながら砲撃せねばならないのに対し、艦隊側はこちらの移動先を予《あらかじ》め計算したうえで要塞に対して砲撃が可能であるため、先に沈黙するのは必ず要塞側の砲台……のはずなのだが、イスラにはこの不利がない。敵艦隊の動きを観察しつつイスラも移動しながら、その圧倒的火力と不沈の地盤を以《もっ》て艦隊側を撃滅できる。「沈まない」という要塞の持つ利点と、「機動する」艦隊の利点を併せ持つのがイスラの強みだ。

兵器としての優秀性は疑うべくもなく、対外協調路線を歩みたい三か国間の駆け引きは陰湿を極めることとなり、長期にわたって水面下での闘争が繰り広げられ、当事者全員が骨の髄《ずい》まで疲弊《ひへい》した結果、「こんな面倒なものは誰の目にも届かないところへ押しやってしまえ」とばかりに、こうして時代に取り残された厄介者《やっかい》ばかりを詰め込んで空の果てを目指して追放されてしまうことに相成《あいな》ってしまった。戦乱の時代であれば重宝《ちょうほう》されたであろうイスラも、平和な時代が訪れたなら互いの猜疑心《さいぎ》を招くだけの無用の長物《ちょうぶつ》でしかなかった。

今回のこの旅立ちは「未知への挑戦」という大義名分がかぶせられて一般大衆を騙《だま》してはいるが、知識階級の人間が見たなら明らかに用済みになった連中をイスラに寄せ集めて遙《はる》か彼方《かなた》の地へ追放した、文字面《もじづら》どおりの「島流し」だとわかる。新しい時代の指導者たちがそれとわからぬように飾り立てて、ニナ・ヴィエントをはじめとする古い時代の功労者たちを二度と戻れない場所へ追いやったのである。さきほどの華々しい出帆式《しゅっぱん》も真実を大衆に悟られないためのごまかしにすぎない。イスラに乗ることを希望した一般人のほとんどは「空の果て」を発見する、というロマンに魅せられた人々なのであるが、イスラを取り仕切る貴族高官たちは自分たちが追放されたことを肌で知っている。こうした夢と希望と絶望を地表面上に織り込んで、イスラは不動星エティカを目指して飛翔《ひしょう》してゆく——。


遮風板《しゃふうばん》のむこう、編隊長機の高度が落ちていく。

カルエルは慎重に追随《ついずい》しつつ、イスラの景観に目を奪われる。

諸事情により飛空科の学生たちはいずれも、まだイスラに降り立ったことは演習の際の一度だけだ。それも着陸してから二時間後には再び離陸して地上へ戻るという慌ただしさ、島内観光はおろかカドケス高等学校や居住施設の下見すらさせてもらえなかった。イスラ内の軍事機密を地上に持ち帰られることを恐れたがゆえの措置《そち》だろうが、おかげでいまのカルエルには目に映るもの全《すべ》てが新鮮に輝いて見える。演習のときは編隊長機についていくだけで精いっぱいだったのが、二回目のいまはイスラの地表を観察できるくらいの余裕があった。

やがて右手に、イスラの中心を脊椎《せきつい》のごとく走るエスピーナ山地が見えてきた。標高約八百メートル、山頂部はごつごつした岩山だが、裾《すそ》のほうは植樹がなされて緑の森が広がっており、足の長い鳥たちが蜜柑《みかん》色の翼に風を受けていた。

イスラはとても自然が豊富な島だ。十年の歳月をかけて人工物を設営し、道路を敷設《ふせつ》してはいるが、上空から鳥瞰《ちょうかん》したならやはり自然の緑と耕地の黄色が地表の大部分を占めているのがわかる。ひときわ目を引くのはイスラ前方を穿《うが》つシルクラール湖の澄み切った青。これからカルエルが生活することになる男子寮はあの湖畔《こはん》にあるそうだから、朝夕は水辺の気持ち良い風景を楽しむことができそうだ。

シルクラール湖畔には住民居住区「センテジュアル」の街並みが遠望できた。目抜き通り沿いの商店街は赤、青、白、黄、さまざまな原色の屋根で華やかさを演出している。湖から引いた水路が街中を清げに流れていて、小さなゴンドラが行き交い、一足先に移住している子どもたちが水遊びに興じていた。

「あれ、面白そう。町のなかで水泳できるよ。夏になったら涼しくて気持ちいいだろうね」

「きみ、遊ぶことばっかり考えてない？」

「いいじゃん別に。楽しいこと考えてなにが悪いの？」

「好きにすればいいけど、くれぐれも落第しないように。義理とはいえ、兄に恥をかかさないでね」

「兄貴じゃない！　あんたは、あたしの、弟！」

六年前から繰り返してきたいつもと同じやりとりをやはりここでも繰り返し、カルエルはもう溜息《ためいき》をつくこともせずに着陸態勢に入った。機速を落としつつ、風を読み、空中の一点に静止したまま浮揚《ふよう》する。

低速とはいえ、イスラは常に動いている。離発着の際に止まってくれるような親切なことはしてくれない。だから戦空機の飛空士はイスラの前進速度も計算したうえで、そのときの風の状態も頭に入れつつ、目標地点へ降下しなければならない。見習い飛空士にとってはこれがなかなか難しいため、接触しないよう、一機一機が入念に時間をかけて個別に着陸することになっている。

級友たちがおぼつかない挙動ながらイスラに降り立っていき、カルエルの出番がやってきた。

「ドジるなよー」

後席の野次《やじ》を聞き流し、訓練学校で教官に叱《しか》られながら何度も何度も繰り返してきた操作をこなす。計器盤の数値に目を走らせながら、機体越しに風を感じ取り、赤土の離発着場に描《えが》かれた目印の直上へとエル・アルコンを導いていく。

級友たちが見守るなか、なにごともなく接地しようとしたそのとき——いきなりの突風がカルエルを見舞った。

「うわっ!?」

素《す》っ頓狂《とんきょう》な声があがる。機体が大きく揺れる。エル・アルコンは主翼ローターを上部へむけた浮揚《ふよう》状態のときが最も風の影響を受けやすい。ただでさえ新米飛空士にとっては難しい操縦を要求されるときに強風に晒《さら》されてしまった。

「わ、わ、わっ!」

カルエルは焦《あせ》る。体勢を立て直そうとする。しかし操縦中に焦りは禁物《きんもつ》だ。卵のように握れ、と指導されるほど、エル・アルコンの操縦把柄《はへい》は繊細《せんさい》にできている。指先の動揺はそのまま機体に伝わり、着陸目標地点から大きく外れた方向へ機首が跳ね上がる。

「うわああっ」

情けない悲鳴がカルエルの口から迸《ほとばし》った。機体を制御できない。いまやエル・アルコンは酔っぱらいみたいに同じところをぐるぐると回転し、カルエルは完全にパニックに陥《おちい》ってしまった。アリエルが怒鳴る。

「ちょ、ちょっとあんた、落ち着きなさいよ!」

「アリー、助けてっ」

「落ち着いてっ! ローターを前へむけ、機首を下げるっ!」

「う、うああっ」

「わめいてないで早くっ!!」

「ひぃぃぃっ」

「わめきながら操縦するなっ」

「こ、怖いっ、怖いよアリー！」

操縦把柄を押し込みながら、カルエルが叫ぶ。上部をむいていたローターが前方へとむきなおり、機首が下がり、エル・アルコンは高度を落としながら機速を獲得する。機体に充分な揚力が溜《た》まったところでアリエルはこめかみに血管を浮かべ、

「いまっ！　右方向へ当て舵《かじ》っ！」

「ははうえええええっ!!　たすけてぇぇっ!!」

「だまれマザコン操縦しなさいっ!!」

「こ、これで、これでいいのアリー!?」

「いいから、いいから、前見なさい、前っ!!」

「あ……止まった！　アリー、止まった、止まったよ、やった、ほら、助かったっ！」

「喜んでないで！　着陸するのよ、わかってるでしょ!?」

「わ、わかってるよ！　怒鳴るな！」

カルエルが怒鳴り返したのは機体が完全に安定してからだった。赤面しながら着陸目標地点へ再度接近し、ようやく着地に成功した。教官の冷たい視線を浴びながら、操縦席から翼面に

降り、そこから地面へ飛び降りた。

イスラに踵《かかと》を下ろし、アリエルはうーんと伸びをしてから、第一声を義兄へと放った。

「あぁ、恥ずかしかった。あんたのおかげで出だし最低」

「うるさいっ！　いきなり突風が来たんだ、仕方ないだろ！」

アリエルは冷たい目で義兄を眺めると、おもむろに憎々しげに顔を歪《ゆが》め、さきほどのカルエルの口調を真似ながら、

「うわ～。アリ～。助けて～。助けて～」

「うるさいっ！　なんだそれ、ぼくの真似のつもり!?」

「ははうえ～。たすけて～」

「そんなこと言ってない!!　人の台詞《せりふ》を捏造《ねつぞう》するなっ!!」

アリエルはことさら愚《おろ》かしそうに顔を歪《ゆが》めると、両目を互い違いに上下させ、指先を頭頂部に当てて両腕でハート形をつくり、がに股《また》になって、アホみたいな声で、

「アリ～。止まった～。止まったよ～。助かった～」

「変なポーズやめろっ！　がに股でアホみたいな声を出すなっ！　そんなことは言ってない、ちょっときみにアドバイスを求めただけで、そんなヘタレみたいなことはしてないっ」

「どう見てもヘタレだったじゃん！」

「違う、ぼくがヘタレなんじゃない、運が悪かっただけだ！」

「うえ〜っ、言い訳？　かっこわるーい。さいてー。あーあ、やっぱりあたしが前に座るべきだったなあ」

「ふん、きみならきっと墜落《ついらく》してたさ。ぼくの腕がいいからあれだけの突風を受けながら墜落しなかったんだ」

「なにその居直り。馬鹿みたい。ていうか馬鹿じゃん」

「居直りじゃない！　事実を言っているんだ！」

　言い争いながら離発着場を歩み、航空指揮所前で足を止めた。すでに着陸を終えたほかの飛空科の生徒たちがたむろしている。彼らとは演習の際に一度顔を合わせただけで、面識といえるほどのものはなにもない。明日のカドケス高等学校入学式後にクラス分けがあり、そこで正式に挨拶《あいさつ》などするのだろう。不格好な着陸をしてしまったことが恥ずかしくて、カルエルはできるだけ彼らと目を合わせないよう、みなとは少し離れたところで足を止めた。

　のどかな青空が頭上いっぱいに広がっていた。ここは高度二千メートルの空中であり、イスラもゆっくりと移動しているから微弱な風が絶えず吹いてくるものの、事前に思っていたほど寒くはない。春にしてはやや厚着、くらいの服装で問題なく過ごせそうだ。空気は地上とは比べものにならないほど澄んでいて、彼方《かなた》、エスピーナ山地の尾根が岩肌の凹凸《おうとつ》もくっきりと見晴らせる。

　これからの学園生活をともに過ごすことになる飛空科の生徒は全部で四十八名。内訳は男子が三十四名、女子が十四名。クラスはふたつに分けられて、互いに競争しながら腕を向上させる予定。

たむろしている男子生徒たちの目がアリエルにちらちらとむけられる。ほかにも女子生徒は数名降りたっているのだが、男子の視線はほとんどがアリエルに吸い寄せられている。カルエルはそれに気づいているが、アリエルは全く無頓着《むとんちゃく》な様子で、しつこく先程の操縦を批判する。

「すぐパニックになるからダメなんだよ。打たれ弱すぎ。普段はいばってるくせに、ちょっとしたことで泣き言いうでしょ？　しかもパニックになったこと忘れてるし。自分に都合の悪いことは全部忘れてない？　あんたの脳みそ、構造わがままずぎ。もうちょっと自分の脳みそ厳しくしつけなさい」

「…………」

「ちょっとあんた、聞いてる？」

「あ、あぁ。聞いてるよ」

間近から大きなアリエルの瞳《ひとみ》が覗《のぞ》き込んでくる。カルエルは顔を背《そむ》けて空《から》返事だけ投げて寄《よ》越《こ》す。生徒たちから注目されていることが居心地悪いのだが、アリエルは全くなにも気づかないまま、いつもと同じ粗野で乱暴で独りよがりな態度を崩さない。

——黙ってればかわいいのに。

心中でそんな愚痴《ぐち》をこぼして、カルエルは目をうえへむけた。

同級生たちが次々に着陸してくる。ほとんどが苦労しながらの着地だが、いまのところどう見ても一番手間取ったのはカルエルだった。新たな学生生活の開始は、アリエルの言うとおり最低なものとなった。

飛空科教官による短い訓示が終わってから、飛空科生徒四十七名はバスに乗せられた。このうち約半数の生徒が一般住民居住区「センテジュアル」へ、残りが騎士団員居住区である「ヴァン・ヴィール」へむかう。生徒は四十八名のはずだが、一名は先にイスラに乗り込んでいるため本日は欠席、明日の入学式の際にみなと合流するという話だった。

カルエルとアリエルは一般生徒とともにセンテジュアルでバスから降りた。ナップザックを片手に真新しい街路へ靴底をつける。バスに残った生徒たちは騎士階級であり、バスを降りた生徒は平民階級ということがこれで知れた。カルエルが見上げたなら、バスの窓越しに、平民たちを見下《みくだ》す未来の騎士たちの優越感に溢《あふ》れた視線が降りそそいできた。

――なにを偉そうにしている。たかが騎士階級のくせに。

――ぼくは第一皇子だぞ。本来、お前らなんか口を利くことも許されないんだ。

ぱこーん。カルエルの内的独白は、そんな音と一緒に破られた。叩《たた》かれた後頭部を片手で押さえ、後方の義妹を睨《にら》みつける。

「あんたいま、ぼくのほうがほんとは偉い、とか思ってたでしょう」

「な、なんだよそれ。そんなこと思ってないよ」

「うそつき。すごい目でバス睨《にら》んでたよ」

「睨んだかもしれないけど、ぼくのほうがほんとは偉い、なんて思ってないよ。たかが騎士階級のくせに、とは思ったけど……」

「一緒じゃん」

「う、うるさい。きみの指摘はなにかと細かすぎるんだ。くだらない憶測はやめて、ほら、行くよ」

引率する役場職員の背中について、飛空科一般生徒一行はこれから自分たちが生活することになるセンテジュアルの街並みを物珍しげに観察した。

舗装は真新しい石畳。立ち並んだ建築物はどんなに古くても築十年を超えていないから、壁面の白も目に鮮《あざ》やかで心地よい。野良犬や野良猫のたぐいはほとんど見受けられず、住民が連れてきた飼い犬が軒先《のきさき》で行儀良くしているくらい。代わりに野鳥がたくさん、色鮮やかな石葺《ぶ》き屋根に留《と》まって面白い声でさえずっている。

特に珍しいのが、飛空機からも見えた街中を巡る水路だ。底も側壁もきっちりした白い石造りで、シルクラール湖から引いた水は空の色を映してなお澄み切っている。その透明な水面にさざ波を立ててゴンドラが行き交う。船床には湖で養殖した貝や魚がたくさん並んでいて、街の人たちは陸から船の商人へ声をかけて目当ての品を手に入れる。湖では水産物の養殖が盛んらしく、魚介類は豊富な様子だ。

歩んでいると先に入植していた住人たちがにこやかに手を振ったり拍手したりして飛空服すがたの生徒一行を迎えてくれる。人のよさそうなおばちゃんが駆け寄ってきて、頼んでいないのに砂糖菓子や焼き菓子をくれる。軒先に掲げられた色とりどりの看板、飲食店から香ってくるなんともいえない良い匂《にお》い、歓声をあげて噴水の脇を駆け回る子どもたち。道ばたには屋台が幾つも出ていて、風船、アクセサリー、子ども用の仮面、綿菓子、アイスクリームなど雑多なものを店頭に並べ、呼び売りの賑《にぎ》やかな声を生徒たちへとむける。浮かれた気分に任せ、気になったものを購入してしまう生徒も既に出ている。カルエルもアイスクリームに惹《ひ》かれたが、生活費の無駄遣いだ、とアリエルにたぶん怒られるので購入は控えた。

街全体に活気がみなぎっていた。

周縁を防風林が分厚く覆っているのが特徴といえば特徴だが、その他の外観は地上の田舎《いなか》町と大差ない。イスラの人口約一万三千人のうち、八割近くの人々がセンテジュアルに居《きょ》を構えており、彼らの日常生活を下支えするのがいまカルエルたちが歩んでいる商店街区だ。住民たちからはこれからはじまる旅への期待と希望がいっぱいに伝わってくる。

見学をかねて二十分ほどセンテジュアルの主《おも》だった通りを歩き抜け、それから生徒はさらに二組に分かれた。一組は既に両親がイスラに移住をしている生徒で、もう一方は親元を離れてイスラへやってきた生徒だ。親が移住している生徒たちは住民居住区へと爪先《つまさき》をむけ、そうでない生徒たちは役場職員に連れられ湖畔《こはん》の学生寮へむかう。カルエルとアリエルはもちろん学生寮組だ。

カルエルたちはシルクラール湖をぐるりと回る「湖岸通り」へと歩を運び、街外れへと赴《おもむ》いた。

ほたほたと十分ほど歩くと湖が見えてきた。南の天頂からの日射しを浴びた群青《ぐんじょう》がしわぶきひとつなく凪《な》いでいる。延べ板みたいな水面に真っ白な水鳥の親子が呑気《のんき》そうな航跡を曳《ひ》いていた。

「やっぱり近くで見てもきれいだねー。夏とかここで泳ぎたいなあ」

アリエルが楽しそうにそう言う。生徒たちもイスラがお気に召したらしく、そこかしこで浮き立っている。街を少し出ただけで視界が横方向に広くひらけ、山地の起伏《きふく》や森の緑、まっすぐな白い道と湖の青が原色の対比で出迎えてくれる。それに高度二千メートルの空気は地上のような濁りがなく、生の光に晒《さら》された地表面上の自然が細部まできめ細やかに網膜《もうまく》に飛び込んでくる。

歩いているだけで高揚《こうよう》感がある。旅立ちの際はほとんど無理矢理に不機嫌になろうとしていたカルエルも、なにやらわくわくしたものが胸の底を蠢《うごめ》いているのを自覚している。なにもかも気に入らない旅のはずなのに、こころの片隅が楽しげにさえずるのを抑えられない。

湖岸通りは片側に銀杏《いちょう》並木を配し、湖側はそのままなにも植樹せず、湖面を眺めながら歩めるようになっていた。いつ終わるとも知れぬ長旅に備えて、せめて気持ちよく島内で過ごせるように配慮が為《な》されているのだろう。イスラの自然にはほどよく人の手が入り、伸びやかで洗練された情景を生み出していた。

「はい、あれがお待ちかねのカドケス高校学生寮。これからのみんなの家だよ」

役場職員がにこやかに前方を指さした。

「わ、素敵っ！」

アリエルが手を打ち鳴らし、寮生たちも思わず歓声をあげる。

涼やかな木立のむこうに、瀟洒《しょうしゃ》な二階建ての建物が二棟、並んで佇《たたず》んでいた。純白の外装は白漆喰《しっくい》で、建築構造を支える木の梁《はり》が外部へ剝《む》き出しとなり、壁面に装飾的な短冊《たんざく》形を描《えが》いている。漆喰と木の梁の織りなす幾何《きか》学《がく》模様がなんともお洒落で、女子生徒たちは互いの手のひらを頭上で打ち交わして喜んだ。

「右側が男子寮で左が女子寮。中庭に食堂があるから、食事は男女一緒に摂《と》ってね」

「はーい」

職員の説明へ生徒たちが上機嫌に返事する。

逆棘《さかとげ》の付いた鉄柵《さく》が敷地を囲んでいた。薔薇《ばら》の蔓草《つるくさ》が意匠された門扉《もんぴ》をあけて敷地内へ入ると、ふたつの建物のあいだには芝生《しばふ》の中庭があり、大きな楓《かえで》の木陰にガラス張りの食堂がぽつねんとしていた。側面に広く据えられた珈琲《コーヒー》色のガラス越しにフロア内のテーブルと椅子《いす》が整然と並んでいる。斜めに傾いた屋根にも採光窓が穿《うが》たれて日光を屋内へ取り込んでおり、晴れた日は気持ちよく食事できそうだ。

ちなみに事前に受けた説明では、寮にはコックなどおらず、食事を作るのは寮生の仕事とのこと。当番制で週毎《ごと》に食事係が変わるため、厨房《ちゅうぼう》を受け持つ寮生には全員の胃袋への責任がのしかかる。だからカルエルもここに来る前に三姉妹から充分な料理特訓を施《ほどこ》してもらい、そこそこの手料理くらいは作れるようになった。アリエルの作るラーメンのうまさには遠く及ばないとはいえ、男子生徒のなかでは自分が一番の料理上手《じょうず》ではないかと勝手にうぬぼれている。

職員の簡単な注意を受けたあと、学生たちは男女分かれてようやく寮内に入っていった。男子寮に入寮したのは全部で六人。お互い軽く挨拶《あいさつ》を交わして、それぞれの部屋へ荷物を運ぶ。

寮内は床も側壁も清潔な継ぎ板張りだった。水素電池による電気照明も完備されていて、夜遅くまで読書もできそうだ。

カルエルの部屋は二階の角《かど》だった。

室内はうなぎの寝床という喩《たと》えがぴたりとくる。家具も粗末な二段ベッドとクローゼットがひとつあるだけ。あとふたりも部屋に入ってくればお互いの額《ひたい》がぶつかるだろう。

荷物を床に置いてベッドに寝転がる。木枠の窓のむこうには中庭の楓《かえで》を挟んで女子寮が見える。大声を出し合えば朝の挨拶くらいはできそうな距離だ。

すると。

「うわーっ。なんであんたそこにいんのーっ」

大声が女子寮から届いた。案の定、むかいの建物の二階の角部屋の窓からアリエルが顔を突き出して大口をあけていた。ふたりの部屋は五メートルほどの水平距離を置いて、窓同士がちょうど対面している。

ふいーっ。と溜息《ためいき》をついた。因果《いんが》な部屋割りだ。あの生意気な義妹はどこまでも自分についてくる。目を閉じ、やれやれと首を左右に振ってから、カルエルも窓から首を突き出し、

「大声出すなーっ。恥ずかしいだろーっ」

「あんただって出してるーっ」

「ぼくはいいけどきみはダメだーっ」

「なにそれ偉そう、バーカバーカバーカ！」

「なにをっ！　きみのほうがバカだっ！　ぼくはバカじゃないぞっ！」

「うるさいスケベ、のぞくなよーっ」

「そんなものののぞかないよバカーっ」

「ヘタレーっ。マザコーン。ナルシストーっ」

「根拠のない悪口はやめろっ！　ぼくは勇気があるし自立しているし自分のすがたを客観的に眺めることができるっ！」

「できてないよバカ――――っ！」

「できてる、できてるっ！」

「できてない、できてないっ！」

「ふざけるなっ！　いい加減にしろ、このイビキ女っ！　毎晩毎晩、グーガーグーガー、牛じゃないいんだからっ！　それにきみの寝相！　ぼくが何度圧死しかけたかわかってる!?　もう食べられないよ〜とか寝言いいながら人の首を締め上げるし！　いったいどんな夢を見ているんだ！　このあいだなんて寝ぼけてぼくの下着脱がし……」

とそこまで罵倒《ばとう》したところで、ヘタレマザコンナルシストは出かけた言葉を呑《の》み込んだ。

男子寮からも女子寮からも寮生たちの首が窓から突き出て、にやにやしながら兄妹のやりとりを鑑賞していた。横からは男子たちが、前からは女子たちが、あたかも痴話喧嘩《ちわげんか》を遠巻きに見守るがごとく、意地悪そうな微笑《ほほえ》みを並べている。

こめかみから汗を一筋垂らし、一度咳《せき》払いをしてから、カルエルは真顔を装い、取り繕《つくろ》った声を女子寮へと投げた。

「……そういうわけだから。下品な言葉や行動は控えるように。みんなに迷惑をかけてはいけないよ」

「う、うん……」

アリエルも決まり悪そうに返事して、顔を窓から引っ込めた。

なにかと最低な出だしがつづいている。カルエルも窓を閉めて、二段ベッドの下段に仰《あお》むけになった。

「は――――っ……」

両手を頭のうしろで組んで、天板の木目を眺めた。

とりあえず今日の日程はこれにてほとんど終了。あとは晩ご飯を食べて明日の入学式の準備をして寝るだけだ。

目を閉じた。静寂が訪れる。いろいろあった一日だった。そして、こうしてここにやってくるまで、たくさんの出来事があった。

王宮を追い出されて以来、六年。流れ流れて、こんなところへやって来た。

空飛ぶ島に乗って、これからどこへ行こうというのだろう。失われたものはもう戻らないというのに。どこへ行ったって、なにをやったって、死んでしまったものはもう自分を抱きしめてはくれない。

愛《いと》おしい母はもうこの世のどこにもいない。皇妃マリアは革命政権の連中によってギロチン台に消えてしまった。

耐え難《がた》い痛みがカルエルのこころの最奥《さいおう》からせり上がってくる。数年前にミハエルから告げられて知った事実だが、いまだに痛くてどうしようもない。呻《うめ》きどころか、悲鳴があがりそうになる。痛みは月日とともに色褪《あ》せない。こういうときいつもカルエルは、革命の夜に見た二ナ・ヴィエントの表情を脳裡《のうり》に蘇《よみがえ》らせて、憎悪の熱でその痛みを灼《や》こうとする。

——あの女のせいだ。

——あの女さえいなければ、母上はいまも生きていた。

——ぼくがこんな目に遭《あ》うのも、なにもかも全部、あの女が悪い。

憎しみが痛みを覆い隠してくれる。ニナ・ヴィエントを憎むことが喪失《そうしつ》の悲しみを和《やわ》らげてくれる。無意識のところでそのことを知ったカルエルは、こうして胸のうちでニナへ罵声《ばせい》を浴びせ、返す刀で母親との甘やかな思い出に逃げ込み、耐え難い痛みから目を背《そむ》ける。

思い出のなか、母はいつもきれいに笑んでいた。

最後に見たあの笑みは大切にこころの側壁に刻みつけて、色褪せないように保管してある。毎日毎日、母の笑みを思い出すことが最上の手入れ方法だ。表情はもちろん寸分違《たが》わず、背景までも克明に、あの日あのときのまま、母の笑顔はカルエルの胸のうちで凍結している。喪失の痛みは、ニナへの憎しみと母の笑みによってごまかされ、ひととき去ってくれる。また舞い戻ってきたら同じことを繰り返す。それ以外にこのやるせなさに対処するすべを知らない。

目をあけた。

窓の外、女子寮の屋根のむこうに、地上から見上げるよりもずっと清冽《せいれつ》な青が澄み渡っていた。

空を飛んでいる。

ぼんやりとそう思った。

こうしているとつい忘れてしまいそうになるが、ここは高度二千メートルの空中であり、いまもイスラは推進装置の働きにより飛翔《ひしょう》している。日が経つにつれて故郷を離れていき、やがて地図のない海域へ至るだろう。不動星エティカだけを目印に、いつ果てるとも知れない探索の旅だ。

はたして故郷へ戻ることはできるのだろうか。

ぼくの故郷――ベラスカスの町へ。あのかけがえのないアルバス家の温もりにくるまれる日が、またやってくるだろうか。

カルエルの脳裡《のうり》に、義父と義姉ふたりの笑みがよぎる。胸が切ない音を立てて締め付けられる。あの人たちが示してくれた無償《むしょう》の優しさに、自分はお返しをすることがなにもできていない。イスラへ乗り込んでしまったいまになって、たくさんの心残りが押し寄せてくる。

なぜ自分はこんなところでこんなことをしているのか。

発端《ほったん》は一年前、アルバス家へのふたりの来訪者だった――。

†　†　†

アルバス家で暮らすようになって五年が経過したその日――。

戸口に立った黒スーツすがたのふたりは、カルエルに対してうやうやしく頭《こうべ》を垂れた。

明らかにベラスカスの住人ではなかった。ミハエルは三姉妹を寝室へ追いやると、カルエルだけを居間兼食堂に残して来訪者を迎えた。

カルエルことカール・ラ・イールがアルバス家へ来るに至った事情はなにもかも先方に筒抜けだった。皇妃マリアの処刑に伴うどさくさに紛《まぎ》れてカルエルは牢獄《ろうごく》を脱したわけであるが、革命政権は長くそのことを秘匿《ひとく》していた。

世間的に、第一皇子カールは既に病死したことになっている。

皇妃マリアの処刑から三日後、肺炎をこじらせてカールは息を引き取り、遺体は荼毘《だび》に付《ふ》された。享年《きょうねん》九。それがアメリアーノ辺境公が世間に発表した内容である。

それから五年が経った現在、ちまたには「わたしが第一皇子、カール・ラ・イールだ」と名乗る十四歳の少年が大勢溢《あふ》れている。悲運の皇子がこっそりと牢獄を脱して市井《しせい》で暮らしている、というお伽《とぎ》話はいつの時代でもどこの場所でも大衆にとって魅力的だ。大概《たいがい》の偽物はすぐに嘘《うそ》がバレて笑いものになるが、なかにはよく造り込んだものもいて、王宮での生活や皇家の人々の様子などしゃあしゃあと語り聞かせたりもする。本物から見れば馬鹿げた作り話にすぎないが、なにも知らない者にはそれなりに説得力のある内容らしく、すわ本物が現れた、としばらく世間を騒がせたりもする。が、そうしたよくできた偽物もやがて仮面をひっぺがされて笑いものへと転落していく。だからいま、もし万が一カルエルが自分の正体を明かしたとしても世間は信用しないだろうし、カルエルも正体を明かす気などさらさらない。現在、ベラスカス飛空訓練学校に通《かよ》うカルエルにとって、最大の興味は空を飛ぶことであり、過去のことは正直どうでもよかった。

だから、ふたりの使者がカルエルの正体を知っていて、それを踏まえたうえでの重要な案件を抱《いだ》いてテーブルの対面に座っていることも、正直、うざったかった。しかし使者はこちらの気分などお構いなく、用件を切り出してくる。

「ご存じでしょうが、巷《ちまた》には現在、王政復古を望む声が広がっております」

どこか遠くでカルエルは王政復古という言葉を聞いていた。対応はミハエルがしてくれるだろう、くらいの気持ちだった。ミハエルは耳クソをほじりながら、使者が話すに任せている。使者はくだくだしくバレステロス共和国の窮状《きゅうじょう》と、現状を打破するために必要な方策について語り聞かせた。

風の革命から五年。

王政から取って代わった共和政体は暗礁《あんしょう》に乗り上げている。

皇家に代わって政務を司《つかさど》るはずの元老院《げんろういん》は相互不信と謀略《ぼうりゃく》にかまけて機能せず、立法府は王政時代以上に賄賂《わいろ》が効能を発揮して、結局は富裕層にとって都合の良い法律を発布《はっぷ》するだけの機関に成り下がってしまった。

革命の際、皇家を打倒した勢いに任せてそれまで行政に携《たずさ》わっていた貴族諸侯の大半をギロチン台送りにしたことがバレステロス共和政体の致命傷となっていた。結果として恐怖政治が現出し、革命仲間が分裂してギロチン台は連日連夜の大賑《にぎ》わい、元老院議員が生き延びるためには賄賂と謀略に頼るしかなく本来の職務は置き去りにされ、政治的空白の負担は全《すべ》て一般大衆にのしかかった。

係争では調停機関へ賄賂を多く手渡したほうが勝つ。気に入らない隣人をギロチン台へ送りたいときは、まず共和政体に対する反乱分子として彼を密告し、次に裁定者へ賄賂を贈るだけで良い。実際にこの方法で何百という無実の人間が処刑された。密告と賄賂だけで親族全員がギロチン台へ送られた例もある。もはや市井《しせい》は無政府状態に近い。金持ちだけが正義となり貧乏人を悪として断罪する社会が現出していた。

これなら王政時代のほうがマシだ。革命などしなければよかった。ニナ・ヴィエントが現れさえしなければ、おれたちは安心して暮らせていたのに。

巷では昨今そんな声が支配的になりつつある。元老院は複数の派閥《はばつ》に分かれて、今後の国家運営を巡って闘争している。なにがいまバレステロスという国家にとって必要なのか、そのことをみなが真剣に考えねばならない。

そこまで話して、使者ははじめて主《あるじ》の名を明かした。

「わたくしはベルトラン・ソレール公爵の使いです。どこかでお聞き及びではありませんか」

「なんだっけ。元老院《げんろういん》の偉いやつか」

ミハエルがぶっきらぼうに答える。主《あるじ》の名に対するミハエルの鷹揚《おうよう》な態度が気に障《さわ》ったのか、使者のひとりが椅子《いす》から腰を浮かせかけたがもうひとりが目だけでそれを制し、話をつづける。

使者がいうには、現在、元老院は大きく三つの派閥《はばつ》に分かたれて泥仕合《どろじあい》を演じている。

ひとつはアメリアーノ辺境公が統率する共和制派、つまり現状維持派である。この一派は恐怖政治の中枢《ちゅうすう》でもある。

ふたつ目はガスパール公爵率いる王政復古派。革命前から政府にいて、幸運にも処刑を逃《のが》れた貴族高官たちが主流を占めている。

そして三つ目がベルトラン公爵を中心とする折衷《せっちゅう》派。革命前と以後の要人をバランスよく配した「新元老院」とでも云《い》えるものを設立して混乱の収束に乗り出そうと主張する一派である。

長きにわたって三すくみの状態であったが、このところ徐々にベルトラン派が優位に立ちはじめた。恐怖政治に疲弊《ひへい》した大衆の思惑《おもわく》と、革命を無意味な出来事にしたくない一部元老院議員の思惑がベルトランの主張に一致していた。

近々、事態は劇的な展開を見せるだろう。使者はそう言って、真剣な表情をカルエルにむけた。

「明日、アメリアーノ辺境公が収監されます。おそらく時を置かずして処刑されることでしょう。革命後の一連の混乱は、ひとつの節目を迎えることになります」

カルエルは少しだけ眉根《まゆね》を寄せた。アメリアーノといえばあの忌《い》まわしい革命の夜、皇王になじられていた老人だ。風の革命を陰で操《あやつ》ったとされる人物であり、彼が処刑されるならばそれはたしかにバレステロス史に記述される出来事となるだろう。

「今後は王政復古派と我々の政争となるでしょう。復古派の総帥《そうすい》ガスパール公爵は革命の際、斎《さい》ノ国に落ち延びたジェルヴァジオ伯……ご存じないでしょうが、先々代皇王、オブディオ・ラ・イールのまたいとこにあたる人物です……彼を擁立《ようりつ》して王政復古を画策《かくさく》しております。かろうじてラ・イール皇家と血縁を保つ人物を捜し当てて旗印《はたじるし》に掲げたわけですが、いまのところあまり求心力を持ち得ておりません。皇王ジェルヴァジオなど擁立してしまっては風の革命の意味がなくなってしまう。流した血の分だけ我々は進歩せねばならない。おわかりになられますか」

使者の言葉は相変わらず、カルエルには遠かった。

——そんなの、お前らの好きにやってろよ。

それが感想だった。

「我々にとって最も脅威なのはあなたの存在なのです。カール・ラ・イール。あなたの存在がガスパール公爵に嗅《か》ぎあてられてしまうことが最も恐ろしい」

「………」

カルエルが黙っていると、ミハエルが静かに、

「……こいつがいなきゃいい、ってか。予定では牢《ろう》か町で野垂れ死んでくれるはずが、なぜかこうして生き長らえちまった。それが都合悪いわけだな」

言葉は落ち着いているが、声の底にはいい知れぬ凄《すご》みを秘めていた。使者は咳《せき》払いをして感情を落ち着かせ、それから居ずまいを正してカルエルにむきなおった。

「非礼は重々《じゅうじゅう》承知しております。だが、我々はアメリアーノ辺境公とは違う。辺境公はあまりに殺しすぎた。彼はひとり殺したがために、縁に連なるものを次々に殺さねばならないはめに陥《おちい》ってしまった。同じ失敗を繰り返さないために我々は、カール・ラ・イール、あなたにひとつ提案をいたします。あなたが我らの望むほうに決断をくだされたなら、我々はあなたを生活面で支援いたしましょう。あなたが賢明であるなら、くれぐれも我らの善意に寛容をお示しくださいますよう。あなたの幸福な生活のために。アルバス家の発展のために」

「……ぐだぐだ回りくどいんだよ。用があるならさっさと喋《しゃべ》れ。言っておくが、ふざけた要求はのめねえぞ。こいつは空を飛びたいだけなんだ。もうこれ以上、お前らのばかげた内輪《うちわ》喧《げん》嘩《か》なんかに巻き込むな。こいつの意志を尊重してやれ」

「それも重々承知。ある意味ではこれ以上ないほど、その御意志に沿う提案であるかと」

「だからさっさと喋れって。なんだよ。こいつになにをさせたいんだ」

使者は一呼吸、間を置いた。それから声を鎮《しず》め、当主ベルトラン公爵からカール・ラ・イー

ルへの提案を切り出した。

「皇子。あなたにはイスラ計画に参加していただきたい」

カルエルは少しの時間黙って、提案内容を咀嚼《そしゃく》した。その計画については聞き知っている。

「……空飛ぶ島に乗って、空の果てを目指すとかいう、あれ？」


国家内部の騒乱にはことかかないバレステロス皇国だったが、外交に関してはそれなりに安《あん》穏《のん》としていた。海を挟んだ三つの大国は半世紀前の大戦を経《へ》て、国家の総力をあげて戦争事業を行《おこな》っても損失だけが大きすぎて利益が少なすぎることを骨の髄《ずい》まで思い知り、表面上は仲良くする道を選択した。テーブルの下では互いの向こう脛《ずね》を蹴《け》り合っているのだが、表だって血で血を洗う殴り合いではない、ゲームじみた陰湿な闘争である。一般大衆たちは三つの国が手を握り合って世界平和を訴えていることを呑気《のんき》に信じている。

さて、そんなおりにイスラが鹵獲《ろかく》された。

空飛ぶ島の領有権は捕まえたバレステロス皇国にあるのが正しいのだろうが、しかしイスラは兵器としての有用性が高すぎて、下手《へた》をするとほか二国との関係に余計な波風が立ちかねない。

イスラ鹵獲時の皇王、グレゴリオ・ラ・イールは静かな外交を好んだ。国内事情が穏やかでない分、外国との関係は表むき良好でありたい。イスラを神輿《みこし》にして、三か国の友好を謳《うた》う共同プロジェクトなどできないだろうか。皇王のその考えに側近たちはさまざまな提案を行い、そして打ち上げられたのがイスラ計画である。

――空飛ぶ島に乗り、空の果てを目指す旅へ！

計画の骨子《こっし》は、この万人好みのロマンティックなテーマにある。バレステロス、斎《さい》ノ国、ベナレスがはじめて手を握り合って挑むプロジェクトとして、充分に大きなスケールも持ち合わせている。王政に不満を募らせる民衆も、こうしたお祭り騒ぎを見せてやれば鬱屈《うっくつ》した気分を晴らすやも。

そうした思惑《おもわく》のもとで奏でられたグレゴリオの祭り囃子《ばやし》に、ベナレスと斎ノ国は愛想良く踊った。ふたつの国もともに国内に問題を抱《かか》えていたし、バレステロスに「空の果て」を先に見つけられることが怖かった。イスラ計画への投資とあらば三か国ともに惜しみなく注ぎ込み、空飛ぶ島は徐々に超飛空要塞《ようさい》へと変じていった。

飛空艦隊による探索では「空の果て」を発見することは難しい。船内倉庫に積載できる水と食糧には限りがあるし、船員も人間だから何か月ものあいだ陸地に足をおろせずに狭い船に詰め込まれ空をさまよっていたなら肉体と精神に変調をきたす。いまだにこの世界の構造を解き明かせない原因の最も主《しゅ》たるものが、未知の探索に必ず付随《ふずい》するこの「不安」だった。

しかしイスラであれば空の果てを発見することは可能ではないか。

なぜならイスラそのものが大地だからだ。

水は雨雲の下を航過することで補充できるし、食糧はイスラの土壌が育《はぐく》んでくれる。漁師を乗せていけば海から魚を捕れるだろうし、たとえ探索の旅が数年かかったとしても、足下《あしもと》に大地がある安心感は乗り合わせた住民たちの肉体にも精神にも優しく作用するだろう。挑戦者たちの「不安」は、イスラに乗ることで限りなく小さく抑えることができる。

こうした理念のもと、皇王グレゴリオが失脚した現在でも計画そのものは引き継がれ、大勢の人々がこの世界の構造の謎《なぞ》を解き明かそうと日夜奮闘している。先日、六つの推進装置と方向舵《だ》の取り付けが終わった。イスラは人の手で操縦が可能となり、あとは計画に参加する住民を選定するだけ――なのだが。

「――どうしてぼくがイスラに？」

使者へ問いかけながら、カルエルにもなんとなく折衷《せっちゅう》派の思惑《おもわく》は見えてきていた。傍《かたわ》らのミハエルも悟っているらしく、仏頂面《ぶっちょうづら》のこめかみに野太い血管を走らせて腕組みし、たぎる両目を使者へ据えていた。

使者は沈痛な表情を浮かべ、答えた。

「――それが最善であるからです。あなたにも、我々にも、バレステロスの未来のためにも」

ケッ、とミハエルは吐き捨て、気に入らなそうにそっぽをむいた。

カルエルはうつむいてテーブルを見つめた。顔を伏せたまま、尋ねる。

「ぼくがいると、この国のためにならない、ってわけだね」

「……お察しください。わたしはあなたを苦しめにきたのではありません。あなたにあるひとつの未来を提示するためにここまで参りました。あなたと父君の希望にも沿う提案であると確信しています」

「……行けば、ぼく、飛空士になれる？」

「イスラには飛空科を持つ学校が設立されています。長旅に備え、若い飛空士を絶やさぬために。僭越《せんえつ》ながらあなたの学費も生活費も我々が負担いたしましょう」

アルバス家の居間に沈黙が垂れ込めた。ミハエルは相変わらずじっと腕組みしたまま動かない。決めるのはお前だ、と言わんばかりだ。

「……帰ってこれるの？」

しばらくののち、カルエルはそう問いかけた。使者は目をつぶって、

「帰る保証はありません。片道にどのくらいかかるかも定かではない。半年かもしれないし十年、二十年かかるかもしれない。わかっていることは、空の果てを見つけるまでは帰れない旅だということです」

再び立ちこめた沈黙はさきほどより重々しかった。カルエルはますますじっとうつむく。決断することができない。

使者は最後のカードを切った。

「──ニナ・ヴィエントもイスラに乗ることが決まりました」

「……!?」

ずっとうつむいていたカルエルの顔が、驚きを込めて前をむいた。

「彼女はイスラ管区長に赴任《ふにん》したのです。まもなくアレクサンドラ宮殿を出て、あの島へ移住するでしょう。おわかりかと思いますが、つまり彼女もまた、アメリアーノ辺境公と同じく失脚したということです。いまの政権にニナ・ヴィエントの居場所はありません」

「……………島流しにされた、ってわけ?」

「そう受け取ることもできましょう。しかし空の果てを見つけさえすれば、戻ってくることのできる島流しです。決して刑罰ではない」

「……どうしてそんな面倒なことをするの？　アメリアーノの首は斬《き》り落とすのに、なぜあの女にはギロチンをくれてやらない?」

「ニナ・ヴィエントに実権など存在しません。彼女はあくまで革命のお飾りにすぎない。裏で操《あやつ》っていた辺境公が舞台を去ったならただの人形も同然。しかし依然として民衆の人気は高いため、ギロチンへ送るには危険が大きすぎる。今回の措置《そち》は、最も穏当《おんとう》に彼女に表舞台からの退場を促すものです」

「…………」

「風を操る力も失われてしまった。王政復古派にとっても我々にとっても利用価値は皆無《かいむ》なのです。イスラ管区長という役職は与えられていますが、イスラを運営する四人議会の決定を承認するだけで、拒否権も持っておりません。ニナ・ヴィエントはイスラに君臨《くんりん》するだけで、自分の意志ではなにも決められないしなにも実行できない。彼女はただ黙って頂点に座っているだけです」

「……なにが言いたい？　どうしてぼくにそんな話を？」

「皇子にはニナ・ヴィエントと同じ島で生活することに個人的な興味がおありかと」

「……ふん」

カルエルは再びじっとテーブルの木目へ目を落とした。

いまの使者の話を整頓し、再考する。

——くそったれの旅だ。

胸のうちでそう吐き捨てた。

空の果てを見つける、などというロマンティックな命題の背後で、やっていることは用済みになった人間を寄せ集めた島流しじゃないか。

過去のどたばたをみんなイスラのちっぽけな地表面上に押しやって、地上に残った人間だけで清廉潔白《せいれんけっぱく》な顔をして未来を見つめて進歩するつもりだ。

「いまこの場でのお返事を望むものではありません。わたしどもは一週間後、またこちらを訪れましょう。その際はどうか熟慮のうえ、賢明なご判断を」

使者ふたりはそう言ってアルバス家を出ていった。

彼らの乗ってきた電池自動車の駆動音が道の彼方《かなた》へ消え去ると、おもむろにミハエルは椅子《いす》から腰を上げ、足音を忍ばせて居間を横切ると寝室へつづくドアを引いた。

「わっ」「ひゃあ」「きゃっ」

ドアのむこうで聞き耳を立てていた三姉妹が折り重なり、悲鳴をあげて居間へと崩れ落ちてくる。ミハエルは呆《あき》れ顔で、

「全部聞いてたのか」

「う、うん……」「だって……」「面白そうだったから……」

は――っ、と溜息《ためいき》をつくミハエルへ、アリエルが怒った顔を上げて、

「ずるい！　ずるいずるいずるいっ！　カルだけずるいっ！」

「……なにが」

「イスラに乗るんでしょ？　学校に通《かよ》って、空の果てまで行くって。ずるいっ！　あたしも行くっ！　空飛びたいっ！」

「……あのなあ。話、真面目《まじめ》に聞いてたのか？　遊びに行くんじゃねえんだ」

「あたし真面目だよ？　イスラの学校行きたいっ。飛空士になりたいっ」

「お前、女だろうが。わざわざそんなもんになってどうすんだよ」

「空飛ぶの好きだもん。ねえ、あたしも、あたしも行っていいでしょ？　お金さえあれば訓練学校に通《かよ》えるし、あたし、中学行ってないけど自分で勉強してたから学力あるし。カルよりあたしのほうがすごい飛空士になるよ？　だからあたしも行きたいっ」

「ダメだこいつ、人の話なんざ聞いちゃいねえ」

傍《かたわ》ら、ノエルとマヌエルが体勢を立て直し、

「アリーはいつもカルに対抗心剝《む》き出しだからねえ」「どうしてそんなに張り合うかなあ」

ふたりの義姉はぶつぶつ言いながら、悩むカルエルを両脇から挟み込むと頭を撫《な》でる。

「大変だったね」「あんなこと言われてよく怒らなかったよ、偉いね」

「うん……」

カルエルはうつむいたまま、黙って頭を撫でられる。この家へ来てから五年が経ち、ノエルはもう二十一歳、数か月後にベラスカスの機械工と結婚を控えている。マヌエルも十七歳になり、町で一番繁盛しているパン屋の看板娘だ。いつも優しくしてくれるふたりの姉にはいまだに従順なカルエルだった。一方、今年で十四歳になる義妹は、

「あだぢも、行ぐ〰〰っっ」

手足をぶんぶん振り回し、涙と鼻水を垂れ流して駄々をこねる。はじめて会ったときからまったく成長が見られない。

長い長い溜息《ためいき》を口から垂れ流してから、ミハエルはカルエルを振り向き、

「まあなんだ、行くか、残るか、お前が決めろ。おれはどっちでも構わん。あいつの提案はぶしつけだが、悪くない話だとは思う。お偉いさんの金で学校に通えて飛空士になれるなら願ったり叶《かな》ったりじゃねえか。ま、帰ってこれるかわかんねーのがアレだが……」

「……ぼくが残ったら、この家に迷惑かけるよ」

「そんなもんはどうとでもなる。気にすんな。お前は自分にとってなにが一番いいか考えて決めろ」

「あだぢも行ぐ〰〰〰っっ」

「うるせえっ！　行きてえならさっきのあいつに自分で頼めっ！　カルを行かせるためなら連れの学費くらい余裕で出すかもしれねえぞ」

「う〰〰っ。えぐ〰〰。う〰〰っ」

不気味な唸《うな》り声を発しながら、アリエルは父親の言葉に何度も何度も頷《うなず》いた。それから涙と鼻水を拭《ふ》いて毅然《きぜん》と胸を張り、きっぱりと言い切る。

「頼むよ、あたし、あの人にほんとに頼むから。カルが行かなくても、あたしひとりでも行くんだ。だって空の果てだよ？　空飛ぶ大冒険だもん。行かないなんてバカ。カルは贅沢《ぜいたく》だよ、せっかくこんな素敵な話なのに。普通の子はずっと町で生活するしかないのに。イスラに乗れるってだけでとっても幸せなのに」

宣言しながらアリエルは決意を込めた眼差《まなざ》しを使者が出ていった戸口へとむけていた。まるでもう自分がイスラに乗ることは決まったかのような言い草だった。

そしてその言い草がのちに現実のものになることを、このときのカルエルはまだ知らなかった。ミハエルの言ったとおり、折衷派《せっちゅう》を率いるベルトラン公爵は、カルエルがイスラに乗り込むことを条件に、アリエルの学費と生活費をも負担することを使者を通じて確約してしまう。報《しら》せを受けたアリエルが家中を飛び跳ねて喜んだのはいうまでもない。


数か月後——旅立ちの日。

カルエルとアリエルは支給された飛空服に袖《そで》を通し、ナップザックを肩に担《かつ》いでアルバス家の玄関を出た。

家の前には黒スーツのふたりの使者とともに、迎えの電気自動車が待ち受けていた。

よく晴れた朝だった。澄んだ光のなか、ノエルとマヌエルは両手をひらいて、微笑《ほほえ》みながらカルエルを抱きしめた。

「元気でね」「絶対帰ってくるんだよ」

「うん」

「アリーをお願いね」「あの子、無茶するから」

「うん。ノエとマヌも。幸せになってね」

ふたりの義姉はこぼれ落ちる涙を指でぬぐってから、次にアリエルを抱きしめた。三姉妹は言葉もなく、黙ったまま、輪になってお互いを抱きしめていた。

ミハエルはいつもと同じく腕組みをして、眠たそうにあくびしながら朝の空を見ていた。

カルエルは義理の父親へ歩み寄った。

「……それじゃあ。行ってくるね」

「おう。頑張れよ」

「……うん」

「なんだその湿っぽいツラは。めでたい日だろうが。男なら笑え。笑って出て行け」

「……うん」

カルエルは無理矢理に笑ってみた。ぎこちない笑みだった。ミハエルは義理の息子にお手本を示すかのように、にっかりと笑ってみせた。

「空、飛べ。母ちゃんとの約束を果たせ」

「うん」

カルエルは手持ち無沙汰《ぶさた》そうに、もじもじした。

伝えなくてはならない言葉があると思うのだが、照れくささや気恥ずかしさが邪魔をして、喉《のど》から出てこない。ためらっているとアリエルが泣きながら走ってきて、ミハエルにしがみついた。父親の胸に涙に濡《ぬ》れた顔を擦《す》りつけながら、

「うえ〜〜っ。おどうざんっ、うえ〜〜っ」

「きたねえなあ。すげえ顔だぞお前。こりゃ学校行ってもモテねえなあ。ちったあ女らしくしろってんだ」

「おどうざん、ありがどう。絶対がえってぐるから。ありがどう。おどうざん」

「おう。帰ってこいよ。ラーメン食わせろ。待ってっからな」

「うん、うん」

抱き合う親子を傍目《はため》に、使者たちが出発を促した。

ミハエルが笑いながら、カルエルに別れを告げる。

「行ってこい。元気でな。アリエルを頼むぞ」

「……うん」

結局なにも言えないままカルエルはアリエルの肩に手を置いて、自動車へ誘った。

トランクにナップザックを投げ込み、こぎれいな車内へ入って、ふたり並んでふかふかのクッションに腰を下ろした。

ドアが閉まる。

窓ガラスのむこう、朝日に晒《さら》されてミハエルが手を振っている。ノエルとマヌエルがなにか言っているが、その声はもう届かない。

カルエルとアリエルは車内から手を振り返した。アリエルが後ろむきに座り直して涙声で別れの言葉を投げるが、その声も届くことはない。

電気自動車のエンジンがかかった。お尻《しり》から震動が伝わってくる。

なにかがカルエルの胸をかき回していた。どうしようもないほど切ないものがこころの奥底から突き上げてくる。

このままではいけない。

もう二度と会えないかもしれない、かけがえのない人へ伝えるべき言葉がある。

みなから見捨てられて野垂れ死ぬはずだったぼくを拾い上げてくれた人へ。家計は苦しいはずなのに、中等学校へも飛空訓練学校へも行かせてくれた人へ。誰よりも尊敬する、とても大好きな人へ。

いきなりカルエルはドアノブをつかみ、外側へ押しひらいた。

「お、おいっ」

戸惑う使者たちを車内へ置き去り、路上へと転げ落ちる。

そして立ち上がり、衝動のままミハエルのもとへ駆け寄って、頑丈な体にしがみついた。

彼の胸に顔を埋《うず》めたまま、勇気を出して、伝えたい言葉を絞り出した。

「ありがと、お父さん」

「…………」

「絶対、帰るから。空の果てを見つけて。立派な飛空士になって」

「……おう」

父親の返事を受け取り、顔を下へむけ、カルエルはまた車へと駆け戻った。ミハエルをはじめてお父さんと呼べた自分を胸のうちで褒《ほ》めた。

「ごめん。出していいよ」

エンジンが始動する。車体がゆっくりと動きはじめる。アリエルは泣きながら、後方へむかい手を振りつづけた。

カルエルはもう振り返らなかった。涙と鼻水でぐしゃぐしゃになった顔を父親と姉へむけられなかった。悲しくないのに涙が止まらない。感謝の気持ちが胸いっぱいに充《み》ちると、それが涙になってこぼれ落ちてくるのだとこのときはじめて知った。

車がベラスカスの町を出て、荒野の一本道を走りはじめても、アリエルとカルエルは泣いていた。

絶対に帰ってくる。空の果てを見つけて。立派な飛空士になって。

父親に告げたその決意を幾度も自分の胸に刻みつけ、意識の奥へ染み渡らせながら、ふたりはいつまでもとめどなく泣いていた。

†††

腕で目元をごしごしぬぐってから、二段ベッドの下段に横たわったままカルエルは真っ赤に

濡《ぬ》れた瞳《ひとみ》を横へ流した。

窓枠に切り取られたイスラの青空がぽつねんとしていた。相変わらず一点の濁りもないきれいな青だった。見たことのない鳥が中庭の楓《かえで》に留《と》まって涼しげにさえずっている。それ以外は音もなく静かだ。

黙って寝転んでいると、旅立ちの感慨がひそやかに打ち寄せてくる。

日だまりが床に長く伸びてきた。太陽が傾《かし》いでいる。ほどなくして日暮れの時間になるだろう。

――イスラの夕焼けとか、どんなだろう。

ふとそんなことを思った。

きっときれいだろうな。地上とは比べものにならない鮮《あざ》やかな色に空が染まるだろう。その光のなか、シルクラールの湖面が真っ赤に照り返って、湖岸通りの並木の影が白い路面を斜めに区切って――。

カルエルはベッドから降りた。

私服に着替えようかと思ったが、予《あらかじ》め送っておいた荷物の梱包《こんぽう》を解くのが面倒なのでやめた。カドケス高等学校飛空科の生徒に支給されている飛空服すがたのまま、部屋を出て階段を下り、男子寮の外へ出た。

太陽の傾ぎ具合を見るに、夕焼けまではあと二時間ほどあるだろう。カルエルはひとり、ポケットに両手を突っ込んで寮の敷地を出た。

門の前がすぐに湖岸通りで、目の前にシルクラール湖が見晴らせる。

適当なところできびすを返そうと決めて、カルエルはぷらぷらと白い道を歩いていった。

思ったとおり湖畔《こはん》の空気は水と草と樹木の香りをいっぱいに含んですがすがしく、歩くだけでこころも身体も清潔になれる気がした。

住民の目を楽しませるために連れてきたのか、木の枝にはリスを多く見かけた。両手で木の実を持って頬《ほお》を動かす仕草がとてもかわいらしい。カルエルは機嫌良く鼻歌を歌いながら歩を進めていく。道を行くほどに人がまばらになり、やがて自分と自然だけになった。

「気持ちいいや」

独りごちる。適当なところで戻ろうと思っていたが、足はどんどん前へ進んでいく。そこかしこに設けられた防風林のおかげか、風は思ったより強くない。この島が高度二千メートルを飛翔《ひしょう》していることを忘れてしまうほど、大気は優しく平穏だった。

誰もいない白い道は湖に沿って湾曲している。はじめカルエルの右手にあった太陽は歩むほどに背中に回り、自分の影が足の先へ曳《ひ》かれた。

見上げたなら空が茜《あかね》色に変じていく。

薄い雲たちが焼けていく。

カルエルは歩を早めた。もう少し歩いたら、湖のむこうへ太陽が落ちていく様子を見られると思った。湖面に反射する夕日はきっととてもきれいだろう。もうこのまま湖を一周してしまえ、と決めた。

すると——。

道ばたに少女がひとり、しゃがみこんでいた。目の前にはストッパーが下りた自転車が一台。少女は困り顔でペダルを握り、なにやら悪戦苦闘している。

——チェーンが外れたんだな。

それがわかった。六年前、まだアレクサンドラ宮殿にいた頃、自転車を持っていたから直し方も知っている。

困りきった少女の顔がふと持ち上がった。

年齢はカルエルと同じくらい。長い黒髪に気の弱そうなへの字の眉毛《まゆ》、野葡萄《のぶどう》色の瞳《ひとみ》。自転車を持っているということは、おそらく富裕層の娘だろう。肩に清楚《せいそ》な刺繍《ししゅう》がなされた白のブラウス、胸元のリボン、ぴんとした紺のスカート、ベルベットの靴。身なりもとてもいい。湖畔《こはん》の夕景を見るために騎士団居住区ヴァン・ヴィールを出て、ここでチェーンが外れてしまったに違いない。

少女と目が合った。彼女は明らかに助けを求めている。自分は直し方を知っている。

だが。

——ふん。

カルエルは目線を外すと、そのまま少女の前を素通りして歩を進めた。

早く夕焼けが見たいこともあったがそれだけではない。少女が自転車を持っていることが気に入らなかった。

カルエルも自転車が好きだが、高級品なのでいまの身分では手に入らない。革命後、サドルにまたがったことは一回もない。きっともう乗れなくなってしまっただろう。劣等感や喪失感《そうしつ》が少女の自転車を通じて意地悪な気持ちに変じていた。

——自転車を置き去りにして、歩いて帰るしかないね。かわいそうに。

ここからヴァン・ヴィールまではかなりの距離がある。湖を徒歩で半周したあと、さらにイスラの真ん中を走るエスピーナ山地を越えなくてはならない。もちろん山を登るわけではなくトンネルをくぐって行けるのだが、それでもいまから歩いて帰ろうとしたなら夜までかかる。周りは真っ暗、不慣れな土地で泣きながら歩くしかない。

そんなことを考えながら、少女を後方へ置き去りにしてずんずん歩いていたカルエルの脳裡《のうり》に、どうしたわけかふと、母の最後の言葉がよぎった。

『皇子だったことは忘れて。普通の人として生きて。周りのみんなと仲良く、けんかしないように、相手の気持ちを思いやるの。偉そうにしないこと』

『相手の立場になって物事を考えるの。それから、相手が喜ぶことをしてあげるの』

カルエルの足が止まった。

あのとき母が伝えようとした思いに、いまの自分は応《こた》えることができているだろうか。

『これから出会う人みんなを、お母さんと同じくらい大事にするの』

あのときはまだ九歳で、母の言うことがよくわからなかった。しかし十五歳のいま、自分は母の意図を理解できる。そして母の望むように行動もできる。

振り返った。遠くで少女はまだ屈《かが》んでペダルをいじっている。

カルエルは来た道を戻った。意地悪な自分を反省しながら少女のもとへ駆け寄っていく。

「自転車壊れた？」

息を整えながら、カルエルは少女にそう声をかけた。薄暮の空の下、薄い日射しに晒《さら》された弱々しい野葡萄《のぶどう》色の瞳《ひとみ》がぎこちなくカルエルにむけられる。

柔らかな風が一陣、ふたりの傍《かたわ》らを通り過ぎていき、湖畔《こはん》の若草が音もなくそよいだ。

「え、ええ……」

喉《のど》の奥に詰まった気体がかろうじて洩《も》れ出たような、かぼそい返事。カルエルは少女の傍らに膝《ひざ》をついた。

「見せて」

やはりチェーンが外れていた。新品の自転車だが若干、緩《ゆる》みがある。カルエルは自転車をひっくり返してチェーンをつまんで後部ギアに引っかけ、それからペダルを逆回転させながら前部ギアに噛《か》ませた。

自転車を戻す。ペダルを手で動かすと、後輪が回った。

「直った」

得意げに言う。傍ら、少女は放心した表情で自転車に見とれている。

「もう走れるよ」

無反応な少女へ、カルエルは言葉を重ねた。少女の見ひらかれた目がこちらへ戻る。可憐《かれん》な唇がかろうじてひらき、

「あ、あ……あ……」

「？」

「あ……ありがとう……」

言葉を絞り出して、少女は決まり悪そうに顔を伏せた。かたちの良い耳が両方とも真っ赤だった。

指先に付いた焦《こ》げ茶色の油を飛空服の裾《すそ》でぬぐい、カルエルはハンドルに両手をかけた。

「チェックしていい？」

「え……？」

「走れるかチェック。ぼく一応、自転車乗れるんだ」

少女は再び放心したようにカルエルの顔を見ている。反応が普通の人よりも一拍子ほど遅い。

微妙な間があいたのち、凍えた表情がこくりと下をむいた。

カルエルはサドルにまたがり、ペダルに足を置いた。久しぶりの感覚だった。なんとなくまだ乗れる気がする。

「よっ、と」

ペダルを踏み込む。ぎこちないながら前へ進んだ。少しよろけて片足で地面を蹴《け》ったが、すぐにバランスを取り戻し、ペダルに両足を置いて少女の目の前を通り過ぎる。

「ははっ。良かった、まだ乗れるや」

「……………」

「どう？　ぼく、乗れるでしょ？」

「う、うん……」

立ちすくむ少女は両手をまっすぐ腰の横へ下ろしたまま、おどおどと頷《うなず》いた。挙動が微妙に強張《こわば》っていて不自然だ。どうしてかはわからないが、かなり緊張しているらしい。

しばらく道を走ってからハンドルを切って来た道を戻り、少女の傍《かたわ》らで地に足を下ろした。

胸を張って得意そうに、

「完璧《かんぺき》に直った。ぼくの修理が良かったんだ。さ、乗って」

「……………」

「どうしたの？　うれしくない？」

「え……？　あ……う、ううん……」

「……？」

「あ……ありがとう……」

少女は目を合わせようとせず、真っ赤な顔をうつむかせて、消え入りそうな声でそう言う。

あんまりうれしそうじゃないな、と思いながらカルエルは自転車を降りた。

「ひとりで帰れる？」

「あ……う、うん……」

「チェーンが緩《ゆる》んでるから気をつけて。自転車屋さんで締めてもらうといいよ。それじゃ」

それだけ言ってカルエルはポケットに両手を突っ込み、少女をその場に残して、またぶらぶらと散策を再開した。

西の空に赤みが差しはじめている。焼ける気配が濃厚な空模様だ。

うえを見上げてから、目線を後方へむけた。

少女が自転車にまたがり、カルエルとは逆方向へ走っていくところだった。なんだかふらふらしていて危なっかしいこぎ方だった。

——変な子。

内心でそう呟《つぶや》いて、顔を前へ戻した。

しばらく歩くと、ちょうど湖面のむこうへ太陽を見晴らせる位置へ辿《たど》りついた。

思ったとおり、視界はとてもひらけていて、青みがかった湖のむこうに青灰《せいかい》色をした山並みが稜線《りょうせん》も鮮《あざ》やかに展望できた。

カルエルは若草に覆われた道ばたにひとり、腰をおろした。溜息《ためいき》をついて、清冽《せいれつ》な景色にこころを預ける。

目を閉じて、空を仰《あお》ぎ、肺が染まるほど大気を吸った。

「あ、あの……」

いきなりの横合いからの声に、びくっ、と背筋を伸ばして、カルエルは見ひらいた目をうしろへむけた。

さっきの女の子が自転車を下りて、相変わらず両手を腰の横へまっすぐ下ろして直立していた。

「あ、あのっ！　あ……あのうっ……！」

先生に叱《しか》られた生徒みたいに、強張《こわば》った赤面を下にむけ、背筋をぴんと伸ばし、無理矢理に大きな声を出そうとしている。声音《こわね》がひっくり返ってしまって、清楚《せいそ》な外見とはうらはらな、野暮《やぼ》ったい印象を受けた。

ほうっ、とひとつ息を抜き、仕方のなさそうな笑みを薄く浮かべてから、カルエルは怯《おび》える子猫を手懐《てなず》けるときみたいな、敵意のない、柔らかい言葉を選んだ。

「どうしたの？　ひとりで帰れない？」

少女は一拍の間《ま》を置いてから、下をむいたまま、ちぎれるくらいの勢いで首を左右にぶんぶ

ん振ると、

「ち、ちがっ！　……ちがいます……。あ、あのっ！　……そのっ……！　あの……そのですね…………あの…………」

カルエルはこの娘の面白さに気づきはじめた。たったこれだけのやりとりのあいだに、焦《あせ》ったり、丁寧《ていねい》になったり、勇気を振り絞って紅潮した顔をあげたり、しかしすぐにくじけてまたうつむいたり、そして台詞《せりふ》を最初からやり直したり、鑑賞していてとても面白い感情の振幅があった。

「落ち着いて。まず深呼吸してみようよ」

「は、はいっ！」

がんばりますっ。という気持ちを顔一面にこめて少女は即答した。それからわざわざ律儀《りちぎ》に腕を横へ広げて、すーはーすーはー、深呼吸がはじまる。

――この子、面白い！

カルエルはもはや珍獣を観察する気分で少女を眺めていた。一生懸命やりますっ。という気持ちを表情にみなぎらせ、息を吸うときは唇をすぼめて両手を真横にひらき、吐き出すときは口をかっぽりひらき、両手をお腹《なか》のところで交差させる。

頬《ほお》を緩《ゆる》ませ、カルエルは穏やかな気持ちで深呼吸する珍獣を見守っていた。しかも珍獣はいつまでも深呼吸をやめない。もしかするとこちらが止《と》めない限り永遠に同じ動作を繰り返すつもりかもしれない。

「うん、わかった、深呼吸終わり」

「す――……あ……終わっていいですか……?」

「うん、やっぱり止《と》められない限り永遠にやってるつもりだったんだね。まあいいや。それで?　ぼくになにか用?」

「あ……うん……あの……あのですね……」

「うん、うん」

「あの……わたしも飛空科……なんです。あなたと同じ……だから……」

少女は顔を伏せたまま、聞き取りにくい言葉をなんとか絞り出した。

わずかに首を傾《かし》げたカルエルだが、すぐに自分がカドケス高校飛空科の飛空服を身につけていることに気づいた。

「きみ、同級生?」

少女はなぜか決まり悪そうに無言で頷《うなず》く。今日の演習では見かけなかった顔だが、

「そういえば、ひとりだけ先にイスラに移住した生徒がいるとか聞いたな。それがきみってわけか」

少女は再び無言で頷いた。両耳が相変わらず真っ赤だ。

「クラスメイトか。なるほどね」

「は、はい……」

「ぼく、カルエル・アルバス。きみは？」

「……クレア。クレア・クルス……です」

「よろしくね、クレア」

「こ、こちらこそ……よろしく、カルエル……くん」

「もしかして、それだけ？　それを伝えるために、わざわざ戻ってきたの？」

「う……は、はい……」

カルエルは微笑《ほほえ》んだ。アリエルの愚《おろ》かしさが野生化した猿人のそれだとしたら、クレアの愚かしさは生まれたての子猫のそれだ。同じ愚かしさでも持ち主によってこうも印象が異なるものなのか。

――この子と一緒に夕焼けを見たいな。

なんとなく、そう思った。

「ここ、座る？」

「えっ……？」

「きみさえ良ければ、だけど」

「あ……え……？」

「そんな驚かなくても。明日からクラスメイトだし。夕焼け、きっときれいだよ」

「あ、あの……わたしと……一緒に？」

「うん」

「夕焼け……わたしと……？」

クレアは呆気《あっけ》にとられた表情でカルエルに見とれている。魂が頭のてっぺんから抜け出ていっているような、気の抜けた顔だ。

なんだか様子がおかしい。カルエルは立ち上がって、クレアに向きなおった。

「あ、あのさ、ぼく、なにか変かな？　そんなにびっくりするようなこと言った？」

その問いかけに応《こた》えたのは、クレアの瞳《ひとみ》から流れ出たひとしずくの涙だった。

「──え？」

予想していない反応に、今度はカルエルが呆気にとられる。

しかしみるみるうちにクレアの頬《ほお》は涙に濡《ぬ》れていく。夕日がその水滴の辿《たど》った跡を茜《あかね》色に染め上げる。声もなく、表情を凍《い》てつかせたまま、ただ涙だけが流れつづける。

しばし口をぽかんとあけてクレアを見つめたのち、カルエルは我に返った。

「え、ちょ、ちょっと、え、あのさ、そ、そんなにイヤだった？　ごめん、謝るよ、まさかそんなにいやがるなんて思わなかったから……」

クレアはうつむいて、例によって両手を腰の横へまっすぐ下ろしたまま、拳《こぶし》を握りしめて首を左右にぶんぶん振った。涙が頬から飛散して、橙《だいだい》色の夕日に晒《さら》され、きらきらまたたいた。

それから顔を上げ、一生懸命につたない言葉を絞り出す。

「違います……っ！　いえ、あの、違ってて……そ、そんなふうに……言われたことがなくて……わたし……だから……う、うれしくて……」

「……？」

「……わ、わたし……みんなから怖がられてて……ずっと……ちっちゃいころから……嫌われて……ひとりで……だから……あの、あんまり……同い年の人と話したことがなくて……だから……うれしくて……」

クレアは懸命に不器用な言葉を継ぎながら、こらえきれなくなり嗚咽《おえつ》した。涙はますます勢いを増してまなじりからこぼれ落ちてくるが、彼女はそれをぬぐうこともせず、両腕を下ろしたまま、うつむいて泣きつづける。

カルエルは不思議そうにクレアを眺めた。

学校へ行くようになればきっと男子の人気を集めるであろう外見。身なりも清楚《せいそ》だし、性格だって少し変わっているけれど、人に嫌われるたぐいのものではない。

それなのに——あんまり人と話したことがない？

みんなから怖がられて嫌われてる？

この子のなにが怖いのか、全くわからない。

「あ、あのさ……きみ、べつに怖くないよ？　全然普通。もしかして自分でそう思い込んでるだけじゃない?」

「うぅ……えぐっ……えぐっ……」

端正な顔立ちを不格好に歪《ゆが》めて、クレアは腕で目元をごしごしとぬぐう。嗚咽《おえつ》の合間になにか返事を寄越《よこ》そうとしているらしいが、言葉になっていない。

カルエルは天頂を仰《あお》いだ。西の空はもう真っ赤に染まっている。たなびく雲の下腹が焼けていて、そのむこうに澄んだ青が暮れ残っていた。

クレアはおそらくヴァン・ヴィールの住人だ。このままここで泣いていたら、家に帰り着く頃には辺りは真っ暗になってしまっているだろう。

ふう、とカルエルは溜息《ためいき》をついて、目の前のあまりに不器用な少女を眺めた。そして肩をすくめ、言葉をかける。

「……うん。なんとなく、きみの言いたいことはわかったよ。イスラに乗り込む人にはみんなそれぞれ、いろんな辛《つら》い事情があるんだろうね。哀《かな》しいことを思い出して泣いているんでしょ?」

「えぐっ……うぐっ……」

クレアは首を左右に振ったあと、二度ほど頷《うなず》き、目元をぬぐってから、また首を左右にぶんぶん振った。

どっちだよ。そう思ったけれども口には出さず、カルエルは言葉をつづける。

「途中まで一緒に帰る？　自転車、二人乗りしてさ。走りながら夕焼けが見れるよ。ぼく、自転車好きだし。もちろん、きみさえ良ければ」

「ひぐっ……うぇう……うえ……？」

「きみが泣いてるうちにお日様が落ちちゃうよ。暗くなる前に帰ろ？　明日、学校だし」

「……ひっ、ふっ、うぐっ……」

　クレアは必死に嗚咽を押し殺しながら、二度ほど頷いた。ようやく胸ポケットからハンカチを出して涙と鼻水をぬぐう。どうやらハンカチを持っていることを忘れてしまうほど取り乱していたらしい。

「ご、ごめっ……ごめんなさい……わたし……バカだから……」

　ようやくにして意味のわかる言葉がクレアの口から出てきた。

「ごめんなさい……なんかこんな変な……ごめんなさい……もう泣かないから……戸惑わせてしまって……許してください……」

「う、うん、いや、あのさ、別にそんな謝らなくていいよ。まあ、ほら、イスラの初日だから、いろいろ取り乱しちゃうよね。たとえばぼくにはすごく愚《おろ》かな妹がいるんだけど、今日はもうずっと興奮しっぱなしで、お猿さんみたい……っていうか猿人そのものなんだ。ぼくのことをヘタレとかマザコンとかナルシストとか、全く見当違いの悪口を言ってきたりさ。あのモンキーシスターの奇行に比べたらきみなんて全然マシ。だから気にしないで」

「モンキーってそんな……それで、あの……自転車……うん……カルエルくんがそうしたいなら……わたしは全然……うれしいし……うん……」

「そう？　良かった。ぼく、自転車乗るの大好き。乗り物と高いところ、すごく好き」

「うん。……わたしも……乗り物と高いところ、好き」

クレアは冗談めかしてそう言って、ぎこちなく笑ってみせた。表情は強張《こわば》っていて、無理をしていることがありありとわかったが、健気《けなげ》さが伝ってきた。

長いあいだ普通ではない生活を送ってきた人間が、それと悟られないよう、無理矢理に普通を装っているかのような、そんな笑みだった。表情のむこう側に孤独が堆積《たいせき》していた。カルエルにはなんとなくそのことがわかった。

――この子、ぼくに似てるかも。

根拠もなくそう思った。どこがどう似ているのか説明するのは難しいのだが、生まれながらに背負わされたなにか、本人の意志とは無関係にまとわりついて離れないなにかが似ているように思えた。

カルエルは自転車のハンドルを握った。サドルに腰を下ろして、クレアを振りむく。

「帰ろう。うしろ、立ち乗りね」

「……うん」

クレアは後輪の金具に両足を乗せて突っ立ち、それからカルエルの両肩に両手を置いた。

「乗った？　準備オッケー？」

「……はい。大丈夫……です」

「よし、出発！」

クレアの元気のなさを払拭《ふっしょく》するかのように大声を出して、カルエルはペダルをこいだ。

湖岸通りを二人乗りで駆ける。

最初の百メートルはよろけたりしたが、そのあとは平衡感覚をつかみ、すいすいと路面を滑るように走っていった。

シルクラールの湖面を左手に見ながら、白い湖畔《こはん》道には人っ子ひとりいなかった。

湖のむこうへ太陽が落ちかけていた。引きちぎられた雲たちがささくれた輪郭《りんかく》で青銅色の空を装飾していた。たなびく雲の下側から幾条もの夕日の束がイスラを目がけて打ち下ろされ、地表面上に存在する全《すべ》てが真っ赤に塗り込められていた。

カルエルもクレアも自転車もその赤のさなかに塗り込められた。

ペダルをこぐのをやめ、滑走しながら、カルエルは夕景を見やった。

「すごい。真っ赤だ」

「……うん」

「ここって空なんだよね。ぼくたち、空のなかにいるんだ」

「……うん。空のなかに」

「あ、ルナ」

カルエルが指さす先、幾多の戦空機を従えて、飛空戦艦ルナ・バルコが雄大な影絵のすがたで茜《あかね》さす空を航行していた。二百六十メートルもの船体全面に張り巡らされた鉄鋼装甲が黄金《こがね》色に縁取《ふちど》られ、舷側《げんそく》から突き出た主砲塔群と艦橋を取り巻く対空砲群が周辺空域を制していた。

「出帆式《しゅつぱん》のあともずっとああやってイスラの近くを飛んでたんだね。頼もしいや」

自転車をこぎながらカルエルはルナ・バルコの勇姿に見とれた。夕焼け空を漆黒《しっこく》の輪郭《りんかく》で傲《ごう》然《ぜん》と穿《うが》ち、六つの揚力《ようりょく》装置を轟《とどろ》かせて左旋回しながら、六万トンを超える鉄塊がイスラを護衛する。それに周囲を舞い飛ぶ戦空機たちの凜々《りり》しいこと。両翼をぴんと張り、カウリングに日射しを反射させ、飛空科の学生とは比べものにならないほど、ぴたりと揃《そろ》った編隊飛行を見せつける。

「あんなふうに飛びたいなあ。あんなふうに、いつか、かっこよく」

「……うん。……わたしも……」

「あっ、雲！」

いきなりカルエルは素《す》っ頓狂《とんきょう》な声をあげた。直後、視界が白一色となる。景色がなにも見えない。それに大気が冷たい。

「ぷはっ」

息継ぎと一緒に、霧が晴れた。周囲はまた真っ赤な世界へ移行する。左手にはシルクラール湖と楕円の夕日がなにごともなかったように鎮座《ちんざ》している。カルエルは自転車をこぎながら笑った。

「ははっ、雲のなかに突っ込んでたよ。さすがイスラ。雲がぼくたちと同じところを流れるなんて。ほら見てクレア、雲のかけらがむかってくる」

カルエルの指の先、湖畔《こはん》道の低いところを雲たちがこちらへむけて滑ってきていた。打ち寄せる波頭みたいに、思い思いなかたちに切り取られた雲がふたりの自転車を目指して道のむこうからやってくる。

そして足下《あしもと》が雲に洗われる。車輪が水蒸気に埋め尽くされる。まるで波打ち際にいるようだ。路面が見えないのに自転車は雲を切り裂いて走っていく。

雲は尽きない。それどころか増えていく。大きな層雲と同高度をイスラが飛翔《ひしょう》しているのだろう、夕焼けの色をたっぷり孕《はら》んだ雲の絨毯《じゅうたん》がいつのまにかどこまでもふたりの足下に広がっていた。

「うわっ！」

「わあ」

ふたり揃《そろ》って思わず感嘆の声をあげた。地表は全《すべ》て空の夕ペストリーが被《かぶ》さっていて、路面はおろか、湖面さえもう見えなかった。

「わたしたち、雲のうえを走ってる！」

クレアが今日はじめて、はっきりした声でそう言った。

「すごいすごい、自転車で空飛んでる！」

カルエルも興奮気味に応《こた》える。

ふたりは文字どおりに自転車で雲のうえを翔《かけ》ていた。

車輪に裂かれた雲が水蒸気の飛沫《ひまつ》をあげて、黄金《こがね》色の光がきらきらとまたたき、舞い踊る水の粒子たちが思い思いな旋律を紡《つむ》ぐ。空の低いところから水平に差し込んでくる光線たちは湧《わ》き立つ雲のなかでそれぞれの波長に織り上げられ、切り分けられた七彩が地表面上を華やかに刺繍《ししゅう》してゆく。自転車はその光と水と風の奔流《ほんりゅう》のさなかを一直線に翔る。

「ぼく、イスラ好きかも」

カルエルは思わずそう呟《つぶや》いた。

「わたしも好きかも」

カルエルの両肩に手を置いたまま、クレアも陶然《とうぜん》と呟く。

濁りのない、どこまでも澄み切った天空の清冽《せいれつ》さがクレアの意識へ作用していた。

ほとんど思考というものを介在させることなく、クレアは自然に、カルエルの肩に預けていた両手を離した。

後輪の金具に両足を置いたまま、クレアは直立の体勢で雲の海の直上を翔ながら、両手を翼さながら水平方向へひらいた。

あたかもその頼りない翼でここから飛び立とうとするかのように。

自転車を走らせながらカルエルは後方を振り返って、十字の姿勢のクレアを見た。

息を呑《の》んだ。

クレアは腕を広げて雲と雲の隙間《すきま》を飛翔《ひしょう》していた。白練りの絹みたいな水の粒子たちが夕映えの色を乱反射して、黒髪をかきあげ、身体にからみつき、螺旋《らせん》状に渦巻いて虹をなし、クレアの背後へすっ飛んで霧散《むさん》してゆく。

光と水の粒子たちをしもべとして、イスラの風をまとい、クレアは流れゆく世界を抱き留《と》めていた。

口をぽかりとあけて、カルエルは後ろをむいたまま自転車を走らせた。惹《ひ》きつけられた両の目が、クレアから剝《は》がれようとしなかった。

こころを、抜き取られていた。

クレアもこころここにあらずの表情を浮かべ、空の彼方《かなた》の一点を見つめたまま、世界へおのれを投げ出すように十字の影を雲の海へ差し伸べていた。

ちょうどクレアの背中のむこうを飛翔していたルナ・バルコが、まるで彼女の従者のごとくに見えた。それほどにクレアの佇《たたず》まいが風景から浮き立っていた。ルナ・バルコどころかイスラそのものがクレアの付属物のようにさえ思えた。

——王の孤独。

そのときなぜかカルエルの脳裡《のうり》に、そんな言葉が閃《ひらめ》いた。チコ・プエルト離宮でひとりで食事を摂《と》っていた幼い頃、何度も何度も母と家庭教師から言い含められていた言葉。それがなぜか、クレアを通して記憶の縁《ふち》から蘇《よみがえ》ってくる。

自失していたそのとき、いきなり――。

「――うわっ⁉」

「――きゃっ⁉」

衝撃とともに、自転車が前のめりとなり、後輪が跳ね上がった。ふたりともなすすべなく、自転車の前方へ投げ出される。

一瞬の浮遊感ののち、盛大な水飛沫《みずしぶき》の音をカルエルはどこか遠くで聞いた。

霞《かすみ》が晴れてゆく。

淡やかな虹色の絨毯《じゅうたん》が取り払われて、ふたりの周囲に湖が現れる。

儚《はかな》い夢の時間が終わり、なんの変哲もないいつもの時間が戻ってくる。

逆さまの自転車がぽつねん、天にむかって差し伸べた後輪をからから回転させながら銀の雫《しずく》を垂らしていた。

濡《ぬ》れ鼠《ねずみ》のカルエルとクレアは、髪の先から湖水を滴《したた》らせながらお互いに見つめ合った。

それから自分たちがいつのまにか道を外れて、シルクラール湖に落ちてしまったことを知った。雲のおかげで足下《あしもと》が全く見えなかったから、こうなってしまうのも仕方がなかった。

ふたりとも浅瀬に腰をついていた。水底の泥がお尻《しり》の下でかき乱され、透明な水中に湧《わ》き立ち、湖面へ波紋が広がっていく。

夢幻を演出していた層雲はいずこへか去り、視界のうちに地表面が戻ってくる。西の空の低いところを黄金《こがね》色の残照がたなびいていた。

呆《ほう》けたように互いの顔を見やってから、ぷっ、とカルエルは吹き出した。

くすり、とクレアも微笑《ほほえ》む。

「やっちゃった」

「落ちちゃったね」

あはは、とカルエルは笑った。クレアもくすくすと笑う。全身が濡れてしまっているのでひらきなおって、カルエルは湖面を平泳ぎした。水はぬるくて寒くなかった。泳ぎながらクレアを振りむくと、ずっとぎこちなかった表情が柔らかくほぐれて、透《す》きとおった笑顔が浮かんでいた。

その笑みを見ていたら、ますます心臓がどきどきした。クレアが笑っていることがたまらなくうれしかった。もっと彼女を笑わせたいと思った。

「それっ」

カルエルは手にすくった水をクレアへかけた。

「きゃっ」

クレアから短い悲鳴があがった。それから無邪気な笑みが広がる。

「えい」

水底《みなそこ》に両足をついて立ち上がり、カルエルの真似をして、手にすくった水を思い切りお返しする。

「ははっ」

カルエルは破顔して、調子に乗り、両手にすくった水をばしゃばしゃとクレアへお見舞いする。両手を顔の前にかざして水飛沫《みずしぶき》を避けながら、クレアも楽しそうに笑い、隙《すき》を見計らって片手で反撃する。

しわひとつなかったクレアの白いブラウスも紺のスカートもいまや完膚《かんぷ》なきまでに濡《ぬ》れそぼり、華奢《きゃしゃ》な身体にぴったりと張り付いてしまっていた。それでもクレアは笑顔を浮かべて、浅瀬を移動しながらカルエルへ水をかける。

と——クレアの両足が滑った。

目の前にいたカルエルが視界下方へ一気に去り、代わりに視界一面が天頂の夕映えへと入れ替わる。

「え？」

「危ないっ」

咄嗟《とっさ》にカルエルは前のめりになり、左手でクレアの後頭部を支え、右手を彼女の腰へ回し、卒倒しようとする身体を湖面すれすれで抱き留《と》めた。

カルエルのすぐ直前に、暮れなずむ空の色を映したクレアの瞳《ひとみ》があった。

透明な眼差《まなざ》しだった。虹彩《こうさい》の色合いは深く、星空よりもたくさんの光がまたたき、底のほうに悲しみが沈殿していた。

それからなぜか、クレアが生まれ持った孤独がその瞳から伝わってきた。

きりり、とこころの深いところが締めつけられ、そこから名の知れぬ感情のかたまりが絞り出されて、脊椎《せきつい》を突き上げてきた。

激しくて、静かで、痛くて、心地よく、わがままで、けがれのない――。

矛盾《むじゅん》した性質同士を矛盾なく同居させた感情。

それが清冽《せいれつ》な電気信号となって感覚神経へ迸《ほとばし》り、肉体を構成する全《すべ》ての細胞へ染み渡って、こころが勝手にささやいた。

この子の苦しみを、悲しみを、生まれ持った痛みを、ぼくが代わりに背負ってあげられたら――。

思考など介在させることなく、そんな祈りが爆《は》ぜた。

クレアの野葡萄《のぶどう》色の瞳が揺らぐ。可憐《かれん》な桜色の唇が戸惑いをかたどり、頼りない言葉が紡《つむ》がれる。

「あ……」

「…………」

「ありがと……」

カルエルはクレアの背に回した手を離すことができなかった。もう少しこのままでいたかった。彼女の両足はもう水底《みなそこ》へ降り立っているけれど、あと少しだけ、このままで。

「カルエル……くん？」

抱き留《と》められたまま、クレアは訝《いぶか》しげに呼びかけた。しかしカルエルは言葉を返さず、その細い身体にしがみつくようにして、不器用な両手を彼女の背へと回したまま、じっと動かなかった。

「だい……じょぶ……？」

されるがまま、クレアはその場に棒立ちとなって、自分を抱き寄せる少年へ声をかけた。

しかし返事はない。

クレアは目を閉じた。

そして濡《ぬ》れたブラウスのむこうから伝わってくるカルエルの体温を感じた。彼の心臓の鼓動《こどう》をじっと受け止めた。不思議ではあったが、いやな気持ちではなかった。むしろむかしからよく知っている誰かにこうされているような安心感を覚えた。

ずっとこんなふうに、誰かに抱きしめてほしかったのかもしれない。

誰かからこうやってわたしの存在を受け入れてほしかったのかもしれない。

カルエルくんはこころのどこかでその祈りを感じ取って、こうして黙って抱きしめてくれているのだろう。彼の傷ついたこころを濡れた服のむこうに感じている。

だから——もう少しこのままで。もしもわたしがこの人の傷の痛みを少しでも和《やわ》らげてあげられるのなら。


両手を腰の横へまっすぐ下ろしたまま、少女は少年に抱きしめられていた。目はあけなかった。

湖水に膝《ひざ》まで浸《ひた》したまま、ふたりは身じろぎもせず静止していた。風もやんでいた。ただ空の色だけが時間とともに夜を目指して彩度を落としていった。


騎士団居住区ヴァン・ヴィールと平民居住区センテジュアルは一本の市道によって結ばれている。ふたつの地区のちょうど中間に設けられた「アシエンダの門」を起点として、ヴァン・ヴィールへむかう道が市道一号、センテジュアルへむかう道が市道二号である。

カルエルとクレアの自転車は市道二号をずっと上ってきて、アシエンダの門の手前で止まった。

周囲は草原だった。若草に覆われたなだらかな起伏《きふく》が夕闇《やみ》に呑《の》まれ、ほかになにも見えず、ただイスラの風だけが吹きすさんでいた。

「あの……さっきはごめん」

まだ濡《ぬ》れそぼった頭を殊勝《しゅしょう》に下げて、カルエルはクレアに謝った。

地に両足を下ろし、同じくまだ服の裾《すそ》から水滴をしたたらせるクレアは不思議そうに首を傾けた。

「え……？」

「いや、あの……子どもみたいなことして。ごめん」

カルエルがなぜ謝るのか、クレアにはよくわからない。

「う、ううん……あの……とっても……楽しかった」

「う、うん。ぼくも……。でもちょっと悪ふざけがすぎた。反省してる。本当にごめん」

カルエルは決まり悪そうに真っ赤な顔を伏せると、

「……明日、学校で。じゃあね」

逃げるようにきびすを返す。

クレアは駆け去ろうとする彼の背中へ、慌てて、思いついた言葉を投げた。

「あ、あの、抱きしめてくれてありがとうっ！」

なんといえば良いのかわからなくて、咄嗟《とっさ》にそう言った。

逃げだしかけたカルエルは軽くずっこけると、別の天体からやってきた生物を見るかのような眼差《まなざ》しを肩越しに投げて、それからぎこちなく片手を振り、市道二号を駆け去っていった。

クレアは遠ざかっていく背中へむかい三度ほど手を振ってから、ヴァン・ヴィールの方角へ顔をむけて自転車のハンドルを握った。

「……わたし、変なこと言ったのかな」

なんだかいきなり自信がなくなって、そんな独り言をこぼしてから猫背気味になり、うつむいて、サドルに腰を下ろした。


「ぼく、変な人だと思われたかな」

もはや夜の闇《やみ》のほうが勝《まさ》りつつある空の下、カルエルは息を切らして駆けながら、そんな独り言をこぼした。

でも、ぼくも変かもしれないが、あの子だって結構、いやかなり変だ。

「面白い子」

駆けながら、そう呟《つぶや》く。さっきまでの出来事を頭のなかで再生してみる。すると心臓がどきどき、わくわくする。明日、学校でクレアに出会えることが楽しみで仕方ない。

「抱きしめてくれてありがとう、だって」

くしゃっ、とカルエルは笑った。なんておかしなお礼だろう。でも悪い気分じゃない。むしろとてもうれしい。浮き立つ気分がそのまま足取りに移り、駆け足が速くなる。

正直、イスラに乗り込む前は憂鬱《ゆううつ》な気分のほうが勝《まさ》っていた。

自分の意志はまるで無視され、状況に流されるままこの空飛ぶ島へ移住させられ、帰るあてもない旅へ出発させられた。いまだに釈然としていないし、愚痴《ぐち》も不満も胸の浅いところで絶えず蠢《うごめ》いている。

けれど、いまは――。

この旅も悪くないんじゃないか。そう思いはじめている。

不平不満の要素を拾い集めてきて文句を言うことは簡単にできるけれど、そんなことをしても気持ちが暗くなるばっかりで大して意味がない。それよりも楽しそうな要素を数え上げて、これからの時間を前むきに過ごすほうが自分にとって良いに違いない。そんな積極的な方向へ、こころの持ち方が変わろうとしている。

「いいじゃん、それで」

カルエルは自分自身にそう言い聞かせてみた。いままでできなかった考え方ができるようになった自分が少しだけ誇らしかった。

「クレア・クルス」

凝《こ》り固まった考えを変えるきっかけになってくれた少女の名前を口のなかで転がしてみた。

すると無意識のうちに笑みが浮かんで、明るくて爽《さわ》やかな、みずみずしい感情がこころから湧《わ》き立ってくる。

クレアの透明な笑みを思い出すだけで、いてもたってもいられない。

「クレア・クルス！」

走りながら顔をあげて、イスラの空へむかい大きな声で、今日はじめて出会った少女の名前を呼んでみた。

大空はその無限の懐《ふところ》のうちへその名前を抱き留《と》めた。強い星が幾つかまたたき、彼方《かなた》を見やったなら、イスラの針路上、不動星エティカがぽつねんと漆黒《しっこく》を穿《うが》っていた——。

†　†　†

イスラ中央庁舎の最上階を占有するその部屋は「風の間」と名付けられていた。

ゆったりと広く切り取った空間内には、光り輝く調度品がほどよく散らされ、側壁には間接照明、天井からは豪壮な装飾燭台《しょくだい》が吊《つる》されて、琥珀《こはく》色の光が白い御影石《みかげいし》の敷かれた床へ冷たく溜《た》まっている。庁舎の前庭に面した、十字の桟《さん》が切り分ける装飾窓からは、日中であれば騎士団居住区ヴァン・ヴィール、それにイスラ空挺騎士団が使用するメルクリウス飛空場とヴァン・ヴィール軍港を一望のもとに見晴らせる。

しかし窓の外が夜の色に塗り込められたいま、ガラスに映るのは伸びやかなイスラの景観ではなく、濡《ぬ》れ鼠《ねずみ》でうなだれる少女と、毅然《きぜん》と胸を反らしてあらぬ方向へ厳しい目つきを送る細身の中年女性のすがただった。

ぽたぽたといまだにブラウスの裾《すそ》から水滴をこぼしながら、クレアは黙ってうつむいたまま動かない。凮の間の調度品のひとつだ、と言われれば頷《うなず》けるような佇《たたず》まい。出来の悪い彫刻じみた姿勢のまま停止している。

中年女性はクレアと全く同じ、身体にぴったりした白いブラウスに紺のスカートを合わせて、神経質そうに両端が吊《つ》り上がった銀縁眼鏡のツルを指の先で一度押し上げ、静脈が浮き出るほどに痩《や》せこけた胸元からわざとらしい溜息《ためいき》をこぼすと、なにごとか決意したように顎《あご》をつん、と上《うわ》むかせ、青白い喉《のど》の血管もあらわに、乾いた葡萄《ぶどう》の皮みたいな唇をひらいて、ぴくりぴくりと音の一粒一粒を痙攣《けいれん》させせながら、叱責《しっせき》した。

「初日からこのありさまで、この先いったいなにをしでかすおつもりやら」

冷たく凍《い》てついたその言葉にも、クレアはなんの反応も見せない。

「門限は守る、と誓約《せいやく》したはず。あの誓いはいずこへ？」

「…………」

「あの、誓いは、いずこへ？」

「……………申し訳……ありません……」

「誓いが守られないなら、わたしどももあなたとの約束を守る義務を放棄するしかありませんが。それでもよろしくて?」

「もう……くれぐれもこのようなことは……ないように……」

クレアは震える言葉を御影石《みかげいし》の床へ落とした。ようやく得ることのできた自由を手放すことは恐ろしかった。イスラの内部限定という条件で与えられたなけなしの自由でも、クレアにとっては宝物だった。

世話役という名の監視人、ウルシラ伯爵夫人は怯《おび》える小動物のようなクレアの様子を冷然と観察しつつ、追い打ちの叱責を次々と浴びせていった。感情のにじまない言葉でなぶることで、クレアがますます縮こまるように追い込んでいく。クレアの一挙手一投足《いっきょしゅいっとうそく》にどれだけの人間が影響を受けるか、迷惑を被る《こうむ》か、自覚するように促す……ふりをして、実のところの目的はクレアのこころを凍てつかせることだ。あなたひとりの身体ではないのだ、というところからはじめ、徐々に話の範囲を拡大していき、あなたが自分の意志を持つことでイスラの全住人がどれだけ損害を被るか、この旅の結末が不幸なものになるか、というところへ論理を帰結させる。クレアにそのことを骨の髄《ずい》まで納得させて、十五歳の少女であれば本来持ちうるはずの生き生きした感情の営《いとな》みを停止させたい。それがウルシラ伯爵夫人に課せられた使命だ。夫人はその使命を果たすべく、今日もこうして紫ばんだ唇を絶えず動かし、痙攣した言葉を排出して、クレアの精神を切り刻み、意志を萎《な》えさせ、魂をなぶる。

クレアはじっとうつむいて、時折、決まり切った詫《わ》びの言葉を返すだけ。ほとんど動くことなく、機械人形のように謝罪するのみ。

こうした仕打ちはもう慣れてしまった。対処法も知っている。

投げつけられる言葉を、意味のある音の連なりとして受け取らないこと。

これは通り過ぎる雨の音。ガラスのむこうで吼《ほ》え猛《たけ》る獣。誰かのラジオ。

わたしには関係ない。届かない。危害はない。

そんなふうに自分へ言い聞かせながら、雨音が通り過ぎるのを待つ。獣がくたびれて眠るのを待つ。ラジオ放送が終わる時間を待つ。そのときはやがて来る。

「……今宵《こよい》はルイス提督とレオポルド騎士団長が会食にお見えになる予定です。すぐにお着替えを。イスラの未来のためにも、お二方にはくれぐれも非礼なきよう」

ウルシラ夫人の言葉を受けて、四人の侍女《じじょ》たちが亡霊のようにクレアの周囲へすり寄ってきた。クレアは相変わらず、じっと床をむいたまま動かない。侍女たちの八つの腕が伸びてきて、濡《ぬ》れそぼったクレアの衣服をその場で剝《は》ぎ取っていく。

侍女ふたりが湯に浸《ひた》した布巾《ふきん》でクレアの裸体をぬぐい、残るふたりがうやうやしく真新しい下着を当てて、首と手に装飾品をあしらい、裾《すそ》の長い真っ白い上衣を着せる。

それからさらに、聖性を演出するための白銀の付け毛をクレアの髪に編み込んでゆく。

クレアはされるがまま、変わっていく自分の外見へ興味を示すこともなく、床を眺めつづける。

いつものように、自分自身へ命じた。

――へんしん。

すると幼い頃から綿密に時間をかけて仕込まれてきた、もうひとりの自分が意識の底から立ち上がってくる。

みなから必要とされる自分。

みなを導く自分。

悪《あ》しきものを砕き、正義を打ち立てるもうひとりの自分。

風呼びの少女。

風を統《す》べる処女王。

聖アルディスタの愛娘《まなむすめ》。

――わたしはニナ・ヴィエント。

クレアはゆっくりと顔を上げた。

十字の桟《さん》に切り分けられたガラスにはもはやクレア・クルスは映っていなかった。

かつて「風の革命」の旗印《はたじるし》となり、ラ・イール皇家を滅亡へ追いやった風呼びの少女、ニナ・ヴィエントが泰然《たいぜん》と突っ立っているだけだ。

漆黒《しっこく》のガラス鏡へ、可憐《かれん》な野葡萄《のぶどう》色の瞳《ひとみ》が映り込む。

その瞳に折り重なって、鏡の底へ不動星エティカが二重写しとなっていた。


──世界の終わる場所へ。


不意にニナの胸中に、あたかもエティカがささやいたかのように、そんな声が芽生えた。

それは自分の意志を超えたところから来た言葉だった。なぜそんなものが突然舞い降りてきたのか、ニナにはよくわからなかった。しかし声は、もう一度はっきりと胸の内側をよぎった。


──海と空が溶けあうところへ。


「行きましょう」

ニナはウルシラ夫人をそう促すと、侍女《じじょ》たちを引き連れ、長い裾《すそ》をなびかせて大食堂へとむかった。

風の間を出る直前、ニナはふと振り返ってもう一度エティカを見た。弱いガラス鏡を透《す》かして、青紫の銀河の中心を不動の星彩が穿《うが》っている。

それから今度は自分の意志で、無音の言葉をエティカへむかい呟《つぶや》いてみた。

——空の果てへ。

とある飛空士への追憶

著／犬村小六

イラスト／森沢晴行
定価 660 円（本体 629 円）

大空に命を散らす覚悟の若き「飛空士」。ある日彼に与えられた使命は「姫を敵機から守り、無事祖国にお連れすること」。襲いかかる敵機の群れ！　複座式の小さな偵察機に乗ったふたりは、逃げ延びることができるのか？

AURA

～魔竜院光牙最後の闘い～

著／田《た》中《なか》ロミオ

イラスト／ mebae
定価 660 円（税込）

妄想はやめた。無事に高校デビューした、はずだったのに。夜の学校で出会った青いローブをまとった美少女、不登校だったそのクラスメイトとの出会いが、俺の日常を粉砕していく……。田中ロミオ流学園ラブコメ !?

GAGAGA

ガガガ文庫

とある飛空士への恋歌

犬村小六

発行　2009年 2 月23日　初版第1刷発行
2013年12月20日　第2刷発行

発行人　佐上靖之

編集人　野村敦司

編集　具志堅勲

発行所　株式会社小学館
〒101-8001 東京都千代田区一ツ橋2-3-1
[編集]03-3230-9343　[販売]03-5281-3556

カバー印刷　株式会社美松堂

印刷・製本　図書印刷株式会社

Printed in Japan　ISBN978-4-09-451121-5

第9回小学館ライトノベル大賞 ガガガ文庫部門応募要項!!!!!!

ゲスト審査員はでじたろう(ニトロプラス)

ガガガ大賞:200万円&応募作品での文庫デビュー
ガガガ賞:100万円&デビュー確約
優秀賞:50万円&デビュー確約
審査員特別賞:30万円&応募作品での文庫デビュー

第一次審査通過者全員に、評価シート&寸評をお送りします

内容 ビジュアルが付くことを意識した、エンターテインメント小説であること。ファンタジー、ミステリー、恋愛、SFなどジャンルは不問。商業的に未発表作品であること。
(同人誌や営利目的でない個人のWEB上での作品掲載は可。その場合は同人誌名またはサイト名を明記のこと)

選考 ガガガ文庫編集部+ガガガ文庫部門ゲスト審査員・でじたろう(ニトロプラス)

資格 プロ・アマ・年齢不問

原稿枚数 ワープロ原稿の規定書式【1枚に42字×34行、縦書きで印刷のこと】は、70~150枚。手書き原稿の規定書式【400字詰め原稿用紙】の場合は、200~450枚程度。
※ワープロ規定書式と手書き原稿用紙の文字数に誤差がありますこと、ご了承ください。

応募方法 次の3点を番号順に重ね合わせ、右上をクリップ等で綴じて送ってください。
① 応募部門、作品タイトル、原稿枚数、郵便番号、住所、氏名(本名、ペンネーム使用の場合はペンネームも併記)、年齢、略歴、電話番号の順に明記した紙
② 800字以内であらすじ
③ 応募作品(必ずページ順に番号をふること)

締め切り 2014年9月末日(当日消印有効)

発表 2015年3月刊『ガ報』、及びガガガ文庫公式WEBサイトGAGAGAWIREにて

応募先 〒101-8001 東京都千代田区一ツ橋 2-3-1
小学館第二コミック局 ライトノベル大賞【ガガガ文庫】係

注意 ○応募作品は返却致しません。○選考に関するお問い合わせには応じられません。○二重投稿作品はいっさい受け付けません。○受賞作品の出版権及び映像化、コミック化、ゲーム化などの二次使用権はすべて小学館に帰属します。別途、規定の印税をお支払いいたします。○応募された方の個人情報は、本大賞以外の目的に利用することはありません。○事故防止の観点から、追跡サービス等が可能な配送方法を利用されることをおすすめします。○作品を複数応募する場合は、一作品ごとに別々の封筒に入れてご応募ください。